不正經的魔術講師與
追想日誌
Memory records of bastard magic instructor

古代文明狂熱分子、典型的墨爾卡恩，此為旁人對西絲蒂娜的印象，不過……

其實她另有一個不為人知的興趣。

那就是……

「啦啦啦～接下來要寫什麼小說好呢♪」

小說創作。這是連好朋友魯米亞都被蒙在鼓裡，屬於她自己一個人的秘密興趣。

以前她讀了某小說家的作品後深受感動，進而試著自己提筆創作，從此就一頭栽進小說創作的樂趣之中。

「雖然有點像在自賣自誇……不過我還滿有文才的嘛～～呵呵呵，或許以後我可以嘗試身兼作家和魔導考古學家二職喔～～就像羅蘭・艾爾托尼亞一樣！」

而現在西絲蒂娜正在構思下一部作品。

她打開了想像力（妄想力）的翅膀，在腦海中慢慢勾勒出下一部作品的輪廓……

「我想到了！寫女學生和老師的禁忌戀愛故事或許不錯喔！嗯！」

腦中突然靈光一閃想到了好點子，西絲蒂娜露出滿臉笑容。

「這、這個故事的背景可沒有在影射什麼！沒有在影射什麼！不過……好！」

下定決心後——

西絲蒂娜打鐵趁熱，立刻開始進行創作。

西絲蒂娜・席貝爾
在學校她是個一板一眼的學生，別名『
師見愁』。可是回到家裡，她懷有連對
好友魯米亞也不能透露的秘密……

「呼……話說回來……西絲蒂終於恢復精神了，實在是太好了……」

魯米亞身體泡在浴槽裡，一個人喃喃自語著。

因為某些緣故，魯米亞昨晚和葛倫在位於魔術學院北邊的『迷宮之森』溜達了一整晚。

平安無事地從冒險中歸來的魯米亞，為了恢復昨晚累積的疲勞，現在正在泡澡。

「嗯……好舒服喔……」

熱水的溫度恰到好處。灑上了具有舒緩神經效果的藥草，使熱水散發出一股清爽的香氣。

讓熱水浸泡到肩膀的高度後，一會兒後僵硬的身體隨著血液循環逐漸放鬆，彷彿連疲勞也溶出了體外。

「是說……」

像這樣泡在溫熱的熱水裡，讓魯米亞不禁想起了一件事。

她想起昨晚在森林裡葛倫揹著精疲力盡的魯米亞走路時，他那寬厚的背部，以及從其背部傳來的那股溫熱感……

「………啊。」

魯米亞感到害臊，下半部的臉也沉進了熱水裡，噗嚕噗嚕地吹出了氣泡。

魯米亞的腦袋之所以會發燙……絕對不單純只是因為泡熱水澡的關係。

魯米亞・汀謝爾
懷有秘密，清純又內心善良的少女。
西絲蒂娜的好友。不只個性溫柔身材
也十分出眾，在學院是許多人眼中的
『大天使』。

瑟莉卡・阿爾佛聶亞

晉升到了第七階級，名震八方的最強魔術師。在認識葛倫以前，她過著怠惰且自暴自棄的生活，總是表現出拒人於千里之外的態度。

「嘖……今天又過了垃圾般的一天……」一帝國宮廷魔導士團特務分室的王牌、代號《世界》的瑟莉卡今晚也獨自喝著悶酒，喝得酩酊大醉。

「乏味的任務……乏味的敵人……乏味的同袍……這種日子到底要持續到什麼時候……」

這四百年來，瑟莉卡一直孤獨地活在不知何處才是盡頭的永恆之中。

她活在這個世上已經沒什麼特別的遺憾。

所以，瑟莉卡為了尋找一個讓形同行屍走肉的自己得以了斷的機會……才加入了帝國宮廷魔導士團，然而……

「不管是誰……全都太不堪一擊了吧……可惡……！」

瑟莉卡的四周無論敵我，和她相比都是那麼地脆弱、軟弱、弱小……根本不可能成為有能力終結像她這般強大存在的威脅。

而且那些不堪一擊的傢伙也不想想明明是自己太弱小，卻把瑟莉卡視為怪物之類的東西，不僅害怕她，還避之唯恐不及。

真的是教人看了就煩。他們怎麼不去死一死算了。

這時，放在一旁的寶石形通訊魔導器響起了收到來訊的共鳴聲。

「……這麼說來，今晚……艾莉絲說有特別任務要交代給我哪……」

——反正一定又是什麼無聊透頂的爛任務吧。

瑟莉卡頂著醉醺醺的腦袋，伸手去拿通訊魔導器。

Memory records of bastard magic instructor

CONTENTS

輕小說

L

不正經的魔術講師與追想日誌

羊太郎

插畫/ 三嶋くろね　　譯者/ 林意凱

吶……我是不是，有點工作過度了啊……？

阿爾扎諾魔術學院魔術講師葛倫・雷達斯

Memory records of bastard magic instructor

Character
葛倫・
雷達斯
主角。阿爾扎諾魔術學院的魔術講師，討厭魔術。不管做什麼事都馬馬虎虎、懶懶散散，以魔術師來說只是個三流人物，找不到任何一處優點。不過他真實的面貌是──？

瑟莉卡·
阿爾佛聶亞
阿爾扎諾帝國魔術學院教授。外貌年輕，不只養育葛倫長大，還傳授魔術給他，是名謎團重重的女性。對葛倫也有溺愛的一面。
魯米亞·
汀謝爾
個性清純善良，人見人愛，無論走到哪裡都大受歡迎。內心十分仰慕拼命保護學生的葛倫。常常在葛倫和西絲蒂娜吵架的時候扮演和事佬。
西絲蒂娜·
席貝爾
綽號「師見愁」，一板一眼的資優生。常常受不了葛倫吊兒郎當的態度把他罵得狗血淋頭，這樣的畫面已經成了學院的特色。

勞碌奔波的窩囊廢

Bastard magic instructor goes beyond his limits

Memory records of bastard
magic instructor

不正經的魔術講師與追想日誌

Memory records of bastard magic instructor

「啊啊，真是的！那傢伙又來了！」

那天，西絲蒂娜的火氣格外地大。

那張端正而美麗的臉孔氣得怒目橫眉，她氣勢洶洶地快步穿過阿爾扎諾帝國魔術學院本館內的走廊。她那無處可宣洩的怒氣，甚至讓地板也遭殃，打磨得亮晶晶的木頭地板嘎吱嘎吱作響地發出悲鳴，彷彿快承受不住她的憤怒。

「好啦，先冷靜下來吧？西絲蒂。」

魯米亞就像小雞一樣，跟在火冒三丈的西絲蒂娜身後，拚命想讓她的情緒緩和下來。

相較於不高興全寫在臉上的西絲蒂娜，魯米亞的表情非常溫和。

「這教我怎麼冷靜得下來！」

西絲蒂娜扶著呈等間隔排列的拱形格子窗，氣呼呼地轉頭望向魯米亞。

「是怎樣？什麼叫因為沒心情上課，所以今天就上到這邊？明明離下課至少還有二十分鐘耶？那傢伙到底是把講師的工作當作什麼了!?」

西絲蒂娜暴怒的原因，一如往常還是出在學院的某個新來的魔術講師——葛倫身上。

「可是老師有認真教完預定的教學範圍啊，而且講課的方式就跟之前一樣十分淺顯易懂……」

「問題不在那邊！是在於他身為學院講師，不應該那麼沒有自覺，工作態度也不能如此隨便！」

西絲蒂娜的批評並非無的放矢，葛倫確實是魔術學院的頭號問題人物。

因為怕麻煩所以就不考試、無心從事魔術研究、缺席學院的講師會議、拋下魔術實驗的善後工作不做、偷偷傳授違法的魔術給學生、個性怠惰、粗枝大葉、老是喜歡幼稚的惡作劇、而且常常做出蔑視魔術的問題發言……罪狀罄竹難書。所以有不少資深的學院講師，都視新來的葛倫為眼中釘。

不過，不知為何，葛倫唯獨在教學的時候會認真起來，而且詭異的是他的教學品質有口皆碑。也是這唯一一項優點，讓葛倫不至於砸破講師的飯碗，不過……這飯碗能保到什麼時候就不知道了。

「真是的……明明我每天都苦口婆心地勸他要做好自己的工作……可是他總把別人的話當成耳邊風……唉！」

像葛倫這種混水摸魚的不良講師，跟自我要求甚高的優等生西絲蒂娜，關係就像水與火一樣不和。

西絲蒂娜絮絮叨叨地朝著像小孩子般鬧彆扭生悶氣的葛倫說教……這個畫面在學院裡已經

形同日常風景。

實際上，西絲蒂娜才剛跟葛倫交手過一回合。這也是為什麼西絲蒂娜現在會正處在氣頭上的原因。

「魯米亞，妳也說一下那傢伙嘛……追根究柢都是因為妳太護著他了，他才會得寸進尺喔？」

面對氣憤的好友，魯米亞依舊維持臉上和氣的笑容開口說道：

「呵呵，西絲蒂其實妳是在擔心葛倫老師對吧？」

「咦!?」

魯米亞語出驚人，讓西絲蒂娜聞言僵直了身體，臉頰肌肉頻頻抽搐。

「妳擔心老師如果再這樣不認真下去，說不定有一天會被趕出這所學校……所以才——」

「等、等一下！魯米亞，妳是不是有什麼誤解!?不對，應該說一定有！絕對有！」

西絲蒂娜漸漸面紅耳赤，慌慌張張向魯米亞提出抗議。

「那、那傢伙會不會被趕出去，跟我一點關係也沒有——」

「是這樣嗎？妳討厭老師嗎？」

「討厭……是不至於……」

魯米亞納悶地微歪著頭，不可置信地注視著西絲蒂娜，西絲蒂娜一如要避開她的目光般別開視線，結結巴巴、口齒不清地嘟囔道。

沒錯，西絲蒂娜並沒有討厭葛倫。即使葛倫是個散漫、不認真又懶惰沒出息的人，西絲蒂娜還是無法發自內心討厭他。

因為她知道葛倫本質上到底是怎樣的一個人。上個月學院發生了某起事件，西絲蒂娜就是在那起事件中看清了葛倫這名青年的本性。從此她再也不可能打從心底討厭葛倫。

「我可以瞭解西絲蒂娜妳是因為擔心老師才會如此苦口婆心，不過妳最近或許有點太過頭了。」

「太過頭了？我嗎……？」

魯米亞點點頭，繼續開導西絲蒂娜。

「老師他就是那種個性的人，這種事情早就很清楚了，應該可以不用太過斤斤計較吧？過於雞婆的話，小心被老師討厭喔。」

「……嗚……咕。」

稍微冷靜下來後，西絲蒂娜開始反省自己這幾天來的言行。

或許就如魯米亞所說的那樣。有一些芝麻小事，如果是在以前，自己會嘆口氣就算了；可是最近卻囉唆地追究了起來。

「嗯……或許是因為這陣子碰上了一連串不好的事吧……」

「不好的事？」

「好比說新買的筆記本被人胡亂塗鴉，上魔術實驗的時候頭髮莫名其妙沾染到盧恩刻印用的染色液，還有留起來想慢慢享用的點心突然消失不見之類的……所以我的心情才會稍微有些浮躁……吧。」

「啊哈哈，也不能因為這樣就遷怒老師呀？」

魯米亞言之有理，西絲蒂娜只能垂頭喪氣。

「之後去向老師道歉吧？對了，下一堂課是魔導戰術論的實習課。我們快點走吧，以免遲到了。」

魯米亞向前走了幾步後，轉頭朝向西絲蒂娜露出花朵般的笑容。

（我真的敵不過她……）

魯米亞生性溫和，看似柔弱不堪一擊，卻總是都能精確地看穿事物的本質。也因此從以前開始，西絲蒂娜在魯米亞面前總是抬不起頭。

西絲蒂娜吁了口氣後，跟在魯米亞的後頭。

（說的也是……老師雖然很討厭魔術，卻會認真幫我們上課……就算稍微睜隻眼閉隻眼也沒關係吧……我也要心胸寬大學著更溫和一點……）

「心胸寬大溫和得起來才有鬼啦啊啊啊啊啊啊啊啊啊啊啊啊啊——!?」

西絲蒂娜的尖叫聲，響徹了今天預計做為魔導戰術論上課場地的學院中庭。

她的叫聲漸漸消散在蔚藍無比的天空。今天天氣十分舒適宜人，是非常適合進行戶外教學的好日子，可是——

「我、我問你！那、那是什麼東西!?」

「嗯～？」

站在西絲蒂娜發抖的手指頭前方的青年——葛倫，正彷彿不懂有什麼好大驚小怪般，轉頭望向她。

「什麼？怎麼了嗎？妳很吵耶，白貓。有什麼好慌的？」

順便一提，不知何故，葛倫老是稱呼西絲蒂娜為『白貓』。沒有人知道原因為何。

「所、所以說不要隨隨便便把人當成貓——啊啊，現在不是討論這種問題的時候！纏在老師身上的那個玩意兒到底是什麼呀!?」

葛倫低頭望向自己身上。

有某個差不多跟小型圓木一樣粗，可是又像繩子一樣長長的東西，一圈一圈地纏繞在葛倫的身上。那個東西前端呈三角形，上下裂開，從裂縫中可以窺見尖端分岔的舌頭。意外地擁有一雙圓滾滾大眼睛的『那個玩意兒』，其真面目是——

「是蛇啊。」

「我也看得出來是蛇！我想問的是，那麼大一條蛇為什麼會出現在這種地方！」

「因為今天上課會用到。」

葛倫絲毫不認為有什麼不妥，理直氣壯地如此說道。

啊啊，又來了——西絲蒂娜頭痛地皺著臉。葛倫就是這種會若無其事，突然做出無厘頭舉動的男人。

「老、老師……那條蛇會不會很危險啊……？」

魯米亞儘管心驚膽戰地如此說道，仍放心不下似地慢慢靠近葛倫；在這個班上，她這樣的表現已經算是很勇敢的了。

包括西絲蒂娜在內，在中庭集合的學生們，幾乎所有人都被大蛇的模樣給嚇到，只敢遠遠地圍著葛倫觀望。

「如果牠有毒的話……」

「放心吧，魯米亞。」

葛倫自信滿滿地說道。

「牠叫羅納度蛇，為了在學院中飼養，已經做過去毒的處理了；而且基本上這種蛇個性還滿溫和的，很少會咬人。」

「老師……」

魯米亞難以啟齒似地開口說道。

「……你的頭。已經被咬了唷？」

仔細一瞧，蛇正張開血盆大口含著葛倫的腦袋瓜咬來咬去。

「……唔。」

停頓了好幾秒的時間後——

「呀啊啊啊啊啊啊——！好痛好痛好痛好痛好痛啊——!?」

「老、老師——！」

被大蛇咬住頭的葛倫一邊在翠綠的草坪上打滾一邊哀號。

「喂，你這傢伙!?白痴！不要真的咬下去啊!?你咬合的力道可不是開玩笑的耶!?別鬧了！

拜託別鬧了！請你停止惡作劇！嬉戲請適可而止，求求你——」

葛倫對蛇的態度變得愈來愈卑躬屈膝。學生們無不傻眼地看著這一幕。

「——咕……喔咕……混、混蛋……纏得那麼緊根本……犯……規……」

蛇似乎是利用長長的身軀纏住葛倫的身體並用力勒緊的樣子。葛倫的骨頭開始發出緊繃的聲音。從一圈一圈纏繞住的蛇身縫隙伸出來的手臂也在頻頻抽搐。

「唉……怎麼會這麼蠢……」

西絲蒂娜一邊嘆氣一邊伸出手指向蛇，開始唱咒。

「呼、呼～咳咳！咳！我還以為死定了……畜生！瑟莉卡那傢伙，還騙我說這種蛇個性很溫和！根本就殘暴得要命啊!?」

葛倫甩掉被西絲蒂娜的黑魔術【休克電流】擊昏的蛇，趴在地上拚命喘氣。

「那個……老師可以麻煩你快點上課，不要再耍笨了嗎？」

西絲蒂娜盡力克制住想要說教的衝動，決定不跟葛倫計較這場鬧劇。沒錯，這種事情根本就是家常便飯……沒什麼好責怪的。雖說即使如此，她的太陽穴還是控制不住地爆出青筋就是了。

「啊、啊啊……說得也是，來上課好了。今天上課的主題是『魔術戰的用毒手段和應付方法』。」

看蛇昏倒了，加上葛倫終於要開始上課，其餘學生這時才慢慢聚集到他的身旁。

葛倫用力抬起安置在中庭一角的三腳支架黑板，然後拿粉筆在上頭寫下今天的主題。

「魔術師之間的戰鬥……魔術戰。透過攻擊咒文的詠唱施放火焰、閃電、冰風暴。另一方則利用各式各樣的反制咒文來防禦或者抵消這類的攻勢，並且伺機施放反擊咒文。生死就決定在瞬間的判斷，雙方都將自身智慧與看家本領發揮得淋漓盡致，如此的火熱激戰……我想你們對魔術戰的概念，應該都是類似這樣吧。」

在黑板上大略寫下重點後，葛倫轉頭面向學生。

「你們的概念沒有錯。可是魔術師如果侷限於效果清晰可見的華麗咒文，只能算是三流。所以今天我要跟大家聊聊在魔導戰史上屢屢立下重大戰功的『毒』。」

「哼，毒有什麼好談的。不就是中毒的人自己犯蠢而已嗎？」

在聽了葛倫的發言後，不客氣地潑了一盆冷水的人，是班上的學生之一——戴眼鏡的基伯爾。

「魔術的毒基本上都是擴散系的咒文，所以只要用黑魔術【空氣護罩】就能輕鬆將毒隔離在外，即使不小心中毒，也只要用白魔術【血液淨化】就能馬上把毒清除乾淨了吧？就憑毒能立下什麼戰功，我實在很難相信。」

「基伯爾說的也沒錯。操控魔術所製造的人工毒這種咒文很難發揮什麼效果，除非施術者的實力異常堅強。這是眾所皆知的常識。」

明明話說到一半被打斷，葛倫卻面露耀武揚威的笑容。

「問題是天然毒呢？」

「天然毒？」

「沒錯，就是毒蛇或毒蟲這類生物與生俱來的天然毒。天然毒跟魔術製造的人工毒不一樣，在使用解毒咒文的時候需要特定的藥劑或魔術觸媒喔？處理起來不是棘手多了嗎？」

「也太異想天開了。在魔術戰時要怎麼使用那種天然毒攻擊對手呢？該不會是把毒液注入針筒用射的吧……？」

基伯爾語帶嘲諷地聳肩說道。

葛倫只是忍不住想笑似地瞄了基伯爾一眼，然後用腳輕輕踢了一下放置在腳邊的東西。

「舉例來說吧……靠這個如何呢？」

葛倫用腳輕踢的物品是個小型的玻璃箱。學生好奇地靠近一瞧，發現玻璃箱裡面原來裝著小隻的蛇。

先前所有人的注意力都被纏繞在葛倫身上的大蛇吸引，所以直到現在為止沒有人發現這條小蛇的存在。

「庫西納蛇。牠可是貨真價實的毒蛇。體型雖小，咬合力道卻非常強勁，毒牙也很銳利。要穿透一般的皮靴不是問題。哎，因為危險性高，所以我就不把牠放出來了。」

得知那是真正的毒蛇，部分學生立刻退離玻璃箱一步。

「如果把這毒蛇當作使魔悄悄放出來，趁著你來我往的咒文魔術戰打得正火熱時，讓牠偷咬對手的腳一口的話……結果會是如何？」

葛倫提出問題後，基伯爾整張臉懊惱似地扭曲成一團。或許是因為他不知該如何反駁這套戰術的實用性和對抗方式吧。

「不對，即使如此……既然知道還有這一招，只要事先準備好解毒觸媒的話……」

「喂喂喂，你該不會忘記解毒的觸媒視天然毒的種類而有所不同吧？你要帶你想得到的所有種類觸媒跟別人打魔術戰嗎？你要放棄其他有用的魔道具嗎？你要當著用咒文發動攻擊的敵人面前，進行解毒作業嗎？」

「嗚……」

「追根究柢，敵人只要用顏料塗在蛇的身上，就能混淆蛇種，讓你不知道該選擇什麼樣的觸媒，你的作戰也就宣告失敗了。更進一步地，假如對方利用白魔術和鍊金術對蛇進行品種改良怎麼辦？既存的解毒觸媒真的還能產生效用嗎？」

「嗚……真的有那種蛇出現在四周，一般而言任誰也都會發……」

「咦～？我明明記得你們的注意力都被這條大蛇吸引了，沒有人留意到這條小蛇的樣子耶～？」

此時基伯爾早已被駁倒到啞口無言。

聽葛倫這麼說，在場的學生似乎都下意識地想像了小蛇在神不知鬼不覺間，靠近自己腳邊的畫面。有好幾個人戰戰兢兢地低頭查看腳邊。

「哎，這些真的只是最基本的伎倆。現在專業的魔導士裡，已經沒有會中這種招式的傻瓜了。不過，還是有專門用毒的魔術師，會想出各種千奇百怪的手段毒殺敵人。理當見識過這世間所有神秘的魔術師，最後居然是敗給平凡無奇的一滴毒液——這種例子屢見不鮮。」

接著葛倫指著所有學生，自信滿滿地做出宣言。

「因此，對魔術師來說，熟悉毒在魔術戰的使用途徑和對抗方法是相當重要的事情。雖然這樣的知識對立志成為魔導官員的人來說是非必要的，不過在場如果有目標加入帝國宮廷魔導士團的奇人，今天這堂課聽了也不會有什麼損失喔？」

葛倫引導話題的功力讓西絲蒂娜在內心感到咋舌。他只用簡簡單單的對話，就讓所有學生深刻地體悟到毒物的知識對魔術戰來說有多麼重要。

如果換作其他講師的話，八成會批評魔術師使用天然毒而非魔術製造的人工毒，是種可恥的行為吧。不過葛倫和他們不一樣。他只在乎教的東西有沒有實戰價值。

「原來如此……嗎？」

西絲蒂娜感嘆似地喃喃嘟囔。

「所以老師才會特地帶那麼大條的蛇來上課嗎？就為了向我們宣導毒的重要性……」

「什麼？我沒有啊？」

葛倫斷然否認了西絲蒂娜的說法。

「坦白說，如果只是要宣導毒的可怕，根本不需要用到這麼大隻的蛇。」

自己的推論突然被打臉，西絲蒂娜一臉錯愕。

「我之前不是說過嗎？為了飼養，這隻大蛇已經做過去毒處理了。妳覺得像這種蛇在討論毒的課程中能派上什麼用場嗎？」

葛倫扛起癱在草地上的蛇對著西絲蒂娜。

西絲蒂娜瞬間繃緊面孔，往後倒退一步的同時，激動地提出質疑。

「不、不然！老師你特地帶那麼大一條蛇來上課到底有什麼用意呢!?」

「呼……妳看不出來嗎？答案不是很明顯嗎？」

葛倫抬頭挺胸，堂堂正正地說道：

「當然是因為我想看花樣年華的少女們，嚇得花容失色、驚聲尖叫的模樣啊！」

「這是什麼無恥下流的理由呀!?」

西絲蒂娜不禁抱頭大叫。

「哎呀～其實妳們還沒來的時候，像琳恩、溫蒂她們都被我嚇得尖叫連連呢～呵……恕我冒昧，我有種好像被觸發了什麼東西的感覺呢。」

葛倫像個紳士一樣露出氣質清新的笑容。

「給我閉嘴，你這變態！變態！」

西絲蒂娜握緊拳頭，兇巴巴地大吼大叫。

啊，照這發展看來……此時班上同學不約而同地在內心形成了共識。

「我已經忍無可忍了！今天我一定要狠狠訓你一頓！你心中到底有沒有身為尊爵不凡的阿爾扎諾帝國魔術學院魔術講師的自覺!?給我聽清楚了，你那粗俗的態度，會拉低整個學校的格調——」

「妳、妳很吵耶!?妳有什麼資格可以教訓我!?少管我啦，笨蛋！」

——啊啊，果不其然。

看到狀況一如預期地發展，遠遠圍繞著兩人觀望的學生們，不禁無可奈何似地唉聲嘆氣。

不過，他們也發現了有些不對勁的地方。

若是平常，西絲蒂娜對葛倫的態度應該會更為咄咄逼人，一方會說教說得口沫橫飛，另一方則會狂找讓人聽不下去的藉口搪塞，可是今天的狀況卻有些不一樣。

西絲蒂娜和葛倫保持了距離。她只是站在離他有點距離的位置，像在放話一樣滔滔不絕地說教，沒有平時的魄力。

「……嗯？」

葛倫似乎也發現了那個不對勁之處。他不可思議似地瞇起眼睛，像是要看透西絲蒂娜般凝視著她。

「怎、怎樣啦……!?」

即使西絲蒂娜試圖擺出強勢的架子，也少了平時的霸氣。

「唔姆？」

葛倫陷入長考似地緘默了一會兒，然後他交互打量西絲蒂娜和抱在自己手上的大蛇，似乎發現到了什麼。

「噢？難不成妳……」

葛倫眉開眼笑，抓著大蛇往西絲蒂娜靠近。

「咿!?」

原先氣勢洶洶的西絲蒂娜瞬間面色鐵青，向後倒退了一步。

「呵，這反應真棒。妳的反應是全班最棒的。就我的判斷……妳很怕蛇對吧，白貓！」

「哪、哪、哪有呀!?我、我才沒有害怕那種東──」

西絲蒂娜的視線飄忽不定，講話結結巴巴。這模樣再明顯不過了。

看穿了西絲蒂娜的弱點後，葛倫瞬間就像如獲珍寶般，露出邪惡的笑容……

「不～白貓妳說的沒錯……我有些太過得意忘形了……是該好好反省。」

葛倫的態度突然老實了起來，走向西絲蒂娜。當然，他雙手還是捧著那條大蛇。

「咿、咿──!?」

西絲蒂娜反射性地想要往後倒退，偏偏她兩條腿似乎都嚇得不聽使喚。她沒能順利地往後倒退，手上捧著蛇的葛倫卻相對地步步逼近。

「妳明明是為了我好才一直勸我，然而我卻從來沒把妳的忠告當一回事……可惡！身為尊爵不凡的學院魔術講師，我實在太丟人現眼了！」

「啊嗚……啊、啊……!?」

「事到如今，我們不能重修舊好嗎？」

葛倫向西絲蒂娜伸出手。而且刻意讓蛇纏在那隻手上。

「如果妳願意和我握手和好的話……我覺得從明天起就能洗心革面了……」

葛倫笑得十分光輝燦爛。擺明就是笑裡藏刀。

「啊、啊、啊嗚……蛇、蛇……那個……啊、啊、拜託……不要……」

葛倫向前靠近。

蛇也跟著前進。

「太教人難過了……明明我如此深刻地反省，打從心底想要跟妳重建良好的關係……妳還是不願意接受我嗎……？」

「所、所、所以說那個蛇……!?」

「嗯？妳說什麼？我聽不清楚～？」

葛倫豎起耳朵，慢慢地湊上前去。

「拜、拜託……不、不要靠過來……」

「嗯？好奇怪耶。我怎麼都聽不見耶～？是不是耳朵有什麼毛病呢～？」

葛倫持續慢慢逼近。

持續慢慢地不斷逼近。

西絲蒂娜的心裡，彷彿有什麼東西已經超過了極限，隨著霹啪霹啪的聲響一個接著一個裂開。

「不要過來……」

「什麼？什麼？妳說什麼？我聽不——」

「不、不要過來呀——————！」

於是，西絲蒂娜的耐性終於突破了沸點。

眼看蛇就要直逼面前，西絲蒂娜在半狂亂的狀態下，向葛倫打出掌心——

「《強大的風啊》——！」

——然後以一節盧恩唱出咒文。

「慢著——妳——」

葛倫根本來不及唱反制咒文。

凝聚在西絲蒂娜掌心的疾風猛烈噴出，一如要將葛倫的驚叫聲也給吞噬般，從正面襲向葛倫。

「呀啊啊啊啊啊啊——!?」

葛倫隨著悽厲的悲鳴一同被吹飛，硬生生地摔在地上，經過數次的彈跳與翻滾，最後猛力撞上中庭的其中一棵樹木，整個人一動也不動。

「妳這傢伙……二話不說就使用【狂風吹襲】……下手也太重了吧……有、有必要這麼狠嗎？一般不會吧……」

葛倫似乎身受重創一時之間爬不起來的樣子，他呈大字狀趴倒在鋪於中庭裡的砂石路上，身體頻頻抽搐。

「要你管！笨蛋！下流！」

西絲蒂娜淚眼汪汪大聲嚷嚷，氣勢洶洶地向葛倫逼近。

魯米亞不知道要如何安撫氣炸的好友，只能唯唯諾諾地跟在後頭。

「每次都只會開這種無聊又愚蠢的惡質玩笑！我希望你最好有一天因為言行舉止不良，真的被學校開除！」

雖然用魔法教訓了葛倫，西絲蒂娜的滿腔怒火還是沒有平復。

西絲蒂娜下意識地向後抬起腳，打算隨便踢走一顆腳邊的石頭，然而——

「西絲蒂！不、不可以！」

「咦？」

魯米亞雖然出聲制止，但為時已晚。西絲蒂娜往後抬起的腳，已經隨著激動的情緒向前踢出——

啪哩。

某個又硬又脆的東西破掉的聲音響起。

「……啪哩？」

在現在這個地方，有可能會發出那種聲音而壞掉的東西是……

「嗚、嗚哇啊啊啊啊——!?」

「呀啊啊——!?毒蛇！毒蛇逃走了——!?」

圍繞在四周的學生們第一時間就掌握了詳細狀況，立刻鳥獸散。

面無血色的西絲蒂娜用如生鏽齒輪般的僵硬動作，低頭往腳邊看。

只見從破掉的玻璃箱裡探出頭來的小型毒蛇就在那裡。

「～～～～!?」

過度驚恐的西絲蒂娜旋即腦袋一片空白。

「西絲蒂！危險，快逃！」

魯米亞的警告遲了一步。

咬。

小型毒蛇以快得驚人的速度，一口咬住了西絲蒂娜的腳。

銳利的毒牙輕易地就穿破了皮靴，彷彿被烤得火燙的鐵塊按壓在身上的劇痛，襲向了西絲蒂娜──

「啊……啊啊啊……!?」

那似乎是即效性的毒。灼熱的感覺從傷口隨著血液循環一下子就蔓延全身。不但立刻引發宛如胸口要爆裂開來般的心悸，還有呼吸困難的症狀，西絲蒂娜的意識慢慢沉入了黑暗。

已經無法再站穩了。隨著身體忽然失去支撐般的飄浮感，地面已迫近到填滿了她的整個視野──

「西、西絲蒂──!?振作……撐著點啊!?」

在朦朧的意識中，趴倒在地上的西絲蒂娜，隱隱約約聽見了好友的哭喊……

「妳……妳這笨蛋!?可惡！喂！振作一點啊!?」

以及某人罕見地發出心急如焚的喊叫聲，並且將她摟抱在懷裡……之類的感覺。

在學院醫務室。

魔術教授瑟莉卡・阿爾佛聶亞面露沉痛且無力的表情，注視著一如斷線人偶般躺臥在白色病床上的西絲蒂娜。

「已經……回天乏術了嗎？」

「是啊。」

瑟莉卡不帶感情，點頭回答一臉憔悴的葛倫所提出的問題。

「喂，不要亂開玩笑了。妳不是名列全大陸前五名的第七階級魔術師嗎？想想辦法啊……設法救救她啊……!?」

葛倫拚了命似地抓住瑟莉卡兩邊的肩膀，用懇求的眼神注視著她那細長的臉龐。

喀鏘。

被葛倫這麼一推，瑟莉卡的背部撞上了陳列著各式各樣藥瓶的玻璃櫃。

「……雖然第七階級號稱是超凡入聖級的魔術師……但終究不是神。已經往生的人……是不可能救得回來的。」

瑟莉卡有氣無力地搖頭。

「可惡……！畜生！」

葛倫放開瑟莉卡後，內心滿是鬱悶和激動，只得揮拳揍醫務室的白色牆壁出氣。

看到葛倫那悲痛得揪心不已的模樣，瑟莉卡一如做好覺悟般向他提案。

「有一個方法可以救她。」

「真的嗎!?」

突然射來一線希望的曙光，葛倫猛地轉頭望向瑟莉卡。

然而瑟莉卡的表情依舊凝重。

「是什麼方法!?快說啊！瑟莉卡！」

「那個方法就是付出你的性命，葛倫。」

「……我的、性命……？」

葛倫驚愕地睜大了眼睛。

「奇蹟是得拿代價來交換的。葛倫……你有為了救她奉獻自身性命的覺悟嗎？」

瑟莉卡提出沉重的問題後，葛倫沉默了好一會兒。

不久，他向躺在床上的西絲蒂娜投以平靜而清澈的目光，然後開口說道：

「她跟我不一樣……有大好的未來在等著她。」

「……葛倫。」

「好啊，如果幫得了這傢伙的未來……想要我這條命就儘管拿去吧！」

葛倫露出做好覺悟的表情，定睛注視瑟莉卡——

「……我就是想聽你說這句話。」

看到寶貝弟子展現出堅定的覺悟和偉大的自我奉獻精神，瑟莉卡不禁感動地擦去眼角的淚水——

「請不要隨便把人說得好像已經死了！」

再也忍無可忍的西絲蒂娜，從床上跳起來抗議。

「不、不可以啦，西絲蒂！妳要好好躺著才行啊！」

在床邊守護著她的魯米亞，試圖讓西絲蒂娜鎮定下來，但情緒激動的西絲蒂娜卻充耳不聞。

「連阿爾佛聶亞教授都配合他起鬨!?這到底是在演哪齣呀!?」

「哎，該怎麼說，一時心血來潮？」

瑟莉卡滿不在乎地回答道，西絲蒂娜聽了一陣暈眩。

「儘管拿我的性命去救救少女吧……有機會的話，這種台詞一生一定要說一次的啊。」

「你的心情我能明白，葛倫。那是一種浪漫。」

「不要再說了！你們這對怪胎師徒搭檔！」

瑟莉卡是魔術學院的教授，同時也是葛倫的魔術啟蒙導師。近來西絲蒂娜和魯米亞因為葛倫的關係，和瑟莉卡有了頻繁的交集，不過……隨著交情愈來愈熟，原先她對瑟莉卡所抱有的『冷酷的鋼鐵美女』這種形象也慢慢被顛覆了。到頭來，這兩人根本就證明了有其師必有其徒。

「嗚……我、我又覺得不舒服了……」

或許是怒火攻心的緣故，暫時穩定下來的症狀又開始發作了。西絲蒂娜貌似身體不舒服地垂低了頭。

「總之，那畢竟是拿來當教材的蛇，牠的毒性不足以致死。不過不幸的是，目前學校沒有可以消除那條蛇毒性的解毒觸媒庫存。」

「怎麼會……」

「如果不用解毒魔術治療，妳會出現發熱、倦怠感、嘔心、頭痛、四肢麻痺等各種症狀，痛苦會持續約一個禮拜的時間。視個人體質不同，也不是沒有突然病情惡化導致暴斃的可能性……不過這種例子極為罕見就是了。只要好好養病遲早會恢復健康。」

「咦？病情有可能突然惡化？……請問……市場上買不到那個解毒觸媒嗎？」

魯米亞放心不下似地詢問瑟莉卡。

「想在這個時期買到手有難度。解毒觸媒是會在夜晚發光的『魯拉特草』，不過因為季節的關係，目前市場缺貨。」

「……是這樣子嗎？」

「儘管在學院北側的『迷宮之森』偶爾也能發現它的蹤跡……不過還是別抱太大希望吧。一來最近都沒聽說有人發現，再者一定得在夜晚才能找到它，這個限制也很麻煩。所以妳暫時好好休養就對了。」

瑟莉卡丟下這句話後，像要表示這個話題已經沒有繼續討論下去的空間般，匆匆地離開了醫務室。

留在房裡的只有因為中毒發燒而呼吸急促的西絲蒂娜、掛念朋友身體的魯米亞，以及一臉尷尬抓了抓臉的葛倫。

「嗚嗚……我的頭好燙……又好痛……全身無力……好難受……感覺很不舒服……」

「西絲蒂……忍著點……」

魯米亞面露悲痛的表情，握住頻頻低聲呻吟的西絲蒂娜的手。

「哎，既然缺貨那也沒辦法了。白貓，妳就加油撐一個禮拜吧。」

葛倫聳聳肩，敷衍似地為西絲蒂娜打氣。

「拜……託……我會在這裡受苦……你以為是誰害的啊……」

「當然是妳自己害的啊。誰教妳沒事要踢壞玻璃箱。」

「嗚……話是……這樣沒錯……」

「老師？」

魯米亞轉頭一瞧，只見葛倫揚起隨性披掛在肩上的長袍，轉身準備離開醫務室。

「哎，這樣一來有一個禮拜的時間我都不用聽妳說教，想到這裡倒也不壞嘛。」

「嗚……你這麼說也太過分了吧……給、給我記住……！」

「呼哈哈，我早就忘得一乾二淨了！」

丟下這句話後，葛倫旋即快步離開醫務室……

當晚。

換上了學院制服的魯米亞做出某個決定，偷偷溜進了校園。

她的目標是座落在校園北邊、人稱『迷宮之森』的森林。目的當然是幫好友找出解毒用的魔術觸媒『魯拉特草』。

諸如「迷宮之森裡面有可怕的魔獸棲息，貿然進入會有危險」、「嚴禁一般學生擅自出入」、「找了老半天或許仍是空手而返、徒勞無功」，這些疑慮對魯米亞來說一點都不重要。好友目前正受折磨。既然如此，自己當然要盡最大的努力幫助她。

雖然從文雅的外表和氣質看不出來，實際上魯米亞也是有如此莽撞的一面。

魯米亞溜進校園後偷偷摸摸地朝北邊前進，不久抵達了迷宮森林的入口，放眼望去盡是茂密的針葉樹。

「……嗚。還是很可怕呢……」

纏附著一層朦朧霧氣的高聳古木群，儼然像魔物在跳舞。從隙縫間隱隱可以窺見的黑暗，彷彿直通深淵似地。夜晚冰冷的空氣加強了寂靜的氛圍，三不五時可以聽見讓人頭皮發麻的貓頭鷹叫聲，還有一股樹木獨特的刺鼻味，這些跡象一再讓魯米亞意識到前方是另一個世界，令她心中的不安逐漸膨脹——

「算了，聽天由命吧！」

魯米亞重新抖擻精神，穩固決心進入森林。她腳下踩著有些溼潤的泥土、低矮的雜草和青苔，懷著堅強的意志在荒煙蔓草中前進。

我好歹也是魔術師。就算有一點點危險，也要憑本身實力解決——

——魯米亞為自己打氣後，用魔術讓指尖產生亮光做為照明，開始在森林進行探索。

魯米亞最大的誤算，在於她低估了潛藏在森林裡的危險程度，那絕對不是只有一點點而已。

「呼……！呼……！」

魯米亞連發出慘叫的餘力也沒有，背部靠著大樹進退無路。

她定睛凝視前方的黑暗，重新確認『那個』的真面目後，一股強大到彷彿心臟要被捏爛般的恐懼油然而生。她可以清楚感受到死亡的氣息正逐漸逼近，使她頭暈目眩，呼吸困難，冷汗像瀑布般流個不停。

黑暗被無數的樹木縱向切割而變得零碎，在這樣的黑暗之中，『那個』張著發光的眼眸，隨著讓人冷到骨子裡的低吼，一步一步緩緩逼近。銳利的爪子，密密麻麻的牙齒——

暗影狼。屬於棲息在迷宮之森深處的狼型魔獸，這是魯米亞一個人無法應付的危險存在。

（嗚嗚……怎麼辦!?怎麼辦!?）

一開始碰到這頭狼的時候，魯米亞冷靜地詠唱攻擊咒文想要把牠趕跑。可是沒想到此舉卻弄巧成拙，變成打草驚蛇。

魯米亞擅長控制肉體與精神的白魔術，然而對於操作運動和能量的黑魔術——亦即攻擊咒文則是普遍不熟。生性殘暴、腦袋聰明的狼，看出魯米亞不是什麼具有威脅性的存在。

在狼的眼中，魯米亞從原先需警戒的對象變成了獵物，牠陰魂不散地展開追擊。

「雷……《雷精啊・以紫電的衝擊・擊倒敵人》……！」

魯米亞以三節盧恩詠唱黑魔【休克電流】。

魯米亞的手指頭射出虛弱的閃電，朝著在黑暗中發光的眼眸飛去。

但狼輕輕鬆鬆就閃開她的攻擊，又慢慢逼近魯米亞。雙方從剛才就一直在重複這一套行動模式。

（呼……呼……我不行了……魔力用光了……瑪那・生體節奏也亂掉了……）

由於連續使用魔術而精疲力盡的魯米亞，已經瀕臨極限了。

或許是敏銳地察覺到了這個大好機會——

「吼嗚嗚嗚嗚嗚——！」

陰影狼發出恐怖無比的吼叫聲，一口氣撲向魯米亞。

魯米亞已經沒有足夠的力氣可用咒文將牠擊退了。

面對突如其來的死亡，魯米亞不禁閉上眼睛轉過頭去。

（對不起了，西絲蒂……！）

狼的爪牙將毫不留情地襲向魯米亞的柔嫩肌膚——

眼看那成排的利牙就快將魯米亞撕碎的時候——

「《勇猛的雷帝・拿起極光的閃槍・刺穿敵人吧》——！」

三節詠唱的咒文在森林裡迴盪，一道極光撕裂了森林的黑暗。

「嗄吼!?」

只見從他方飛來的一道雷光輕易地貫穿暗影狼的身體，並且迸射出紫電，瞬間讓暗影狼觸電而死。

「這、這是……」

黑魔【穿孔閃電】。以擁有數一數二貫穿能力的電擊射殺敵人，是威力十分強大的軍用攻擊咒文。

「……妳沒有受傷吧？魯米亞。」

魯米亞眼睛眨了眨，在她眼前，一個人從森林深處悄悄現身……指尖上發亮的魔術之光浮現於黑暗中，看似一臉不悅的那名人物是……

「葛倫老師!?」

懼怕黑漆漆的森林，被恐懼和不安壓得喘不過氣來的心靈徹底潰堤，魯米亞百感交集地衝向葛倫。

「老師！老師！謝謝！幸虧有你——」

「喝！」

然而迎接魯米亞的並非溫柔的擁抱，而是彈額頭的懲罰。

「好、好痛……」

魯米亞淚汪汪地摀住自己的額頭。

「妳這，大笨蛋！妳三更半夜跑來這種地方幹什麼!?」

葛倫的教訓義正詞嚴，魯米亞只能垂頭喪氣，連頭都抬不起來。

「學院的大人物平常就耳提面命地再三警告過了吧!?這座森林不適合新手到處亂跑！受不了，要不是有我在，妳現在早已經被那頭狼給吃進肚子裡去了……（嘀嘀咕咕）」

「因、因為……我真的很想幫西絲蒂減輕痛苦……整整一個禮拜都要受到那樣的折磨也太可憐了……而且聽教授說症狀有可能會突然惡化導致暴斃，我就坐立難安……」

「所以呢？妳也是來找那個觸媒的嗎……真是的，妳再怎麼有勇無謀、再怎麼濫好人，也該有個限度吧？要是出了什麼三長兩短，那個白貓可是會很傷心的耶，妳不覺得嗎？」

「那個……」

魯米亞完全無法反駁。

不過，有件事讓她覺得有些好奇。

「咦？……『妳也』？」

這麼說來，為什麼葛倫會出現在這種地方呢？

魯米亞想到了其中一個可能，於是向臉上寫滿了不悅的葛倫詢問一個問題：

「老師……那句『妳也』是什麼意思？」

「……嗚。」

葛倫似乎不願意被追究這個問題。他露骨地別開視線，噤口不語。

「難道說……老師也放心不下西絲蒂，所以跑來尋找觸媒？」

「妳、妳誤會、妳誤會了啦！我怎麼可能會為了那個高高在上的白貓少女，做出那種像在自找麻煩的事情!?」

看到葛倫那連忙否定的模樣，魯米亞不禁覺得好笑，臉上流露出笑意。

「我、我之所以會出現在這種地方……那個……呃，對了！是為了散步！散步！」

「在這種三更半夜的時候嗎？」

「就在這種三更半夜的時候！」

「在這種地方嗎？」

「就在這種地方！」

葛倫接二連三地說出怎麼聽都像是藉口的理由。

「而、而且……如果僥倖發現那個觸媒的話，對，沒錯！我就可以拿去高價販售了啊！剛好能賺點零用錢花！就只是這樣！就只是這樣！」

葛倫口沫橫飛地為自己的行為找完藉口後，立刻掉頭轉身，快步往森林深處移動。

「言歸正傳！魯米亞妳是來找觸媒的吧!?放妳一個人自己從這裡回家也很危險，真拿妳沒辦法，跟我走吧！希望我平時的散步路徑剛好可以找到觸媒！」

葛倫自言自語地如此說道後，加快步伐往前走。

「唉……真的很不老實耶。」

看到葛倫那小孩子氣的模樣，魯米亞雖覺得好笑，卻也覺得充滿了信賴，跟在他的身後一起離開。

後來，兩人為了尋找觸媒繞遍了整座森林（儘管葛倫堅稱只是在散步）。

路途上兩人屢屢遭到潛伏在森林裡的魔獸攻擊，每次都仰賴葛倫的軍用魔術化險為夷。

葛倫的最短詠唱節數是三節。以魔術師來說只能算非常普通的水準，跟優秀有一大段距離。

可是葛倫的預測和狀況判斷能力十分完美。他總是可以精準地判讀出對手後續兩、三個行動會是什麼，進而使出適當的魔術對應，其身手之老練，就像身經百戰的魔導士一樣。

（不……其實老師他……）

葛倫有多仇視魔術，可說是無人不知。魯米亞也曉得葛倫那慘痛過去的冰山一角，所以看到他用高人一等的魔術技巧宰殺敵人的模樣，心就好像不由自主地揪成了一團。

這時——

「……喂，妳累了嗎？」

或許是看魯米亞陷入長考沉默不語，感覺有些不對勁，葛倫停下腳步轉身面向魯米亞。

「不，我沒事的唷？」

「…………」

葛倫目不轉睛地盯著連忙搖頭否定的魯米亞的臉。

一會兒後——

「……還是休息一下好了。」

葛倫突然做出這般提議。

「咦？」

「話雖如此，菲傑德不分四季，入夜後氣溫就會變得寒冷，單純站著休息只會被夜晚的冷空氣奪走體力而已……即使妳那身制服有氣溫調節魔術的永久附魔，禦寒能力還是有一個極限吧……好吧，雖然很麻煩，我還是生個火好了。妳稍等一下。」

「等、等等，老師！」

葛倫立刻東張西望開始尋找枯枝，魯米亞連忙陳述自己的想法：

「我、我還撐得下去！所以老師不用擔心我……」

「笨蛋。是我累了好嗎？」

雖然葛倫的回答很冷漠，不過任誰都聽得出來那是騙人的。

就算再怎麼遲鈍，也能明白他是體貼不習慣在森林走動的魯米亞才會這麼說的。

（老師真是的……）

看到葛倫用這麼笨拙的方式表達關心，魯米亞既感到內疚，又覺得開心。

儘管個性彆扭不夠坦率，實際上卻擁有一顆比誰都還要溫柔的心……這樣的葛倫讓魯米亞真心想莞爾一笑。

「……好，那我也來幫忙吧。」

魯米亞的嘴角漾著藏不住的笑意，像小雞一樣尾隨在葛倫的身後，開始幫忙撿拾枯枝。

枯枝收集完畢後，以點火的魔術生火。不久，啪嘰啪嘰作響地噴濺出火花，熊熊燃燒的篝火，顯現在濃密地籠罩了整座夜晚森林的黑色夜幕一角。

那團火焰看在魯米亞眼中，感覺就像幫助他們在這深淵異界中，搶下唯一一塊人類領域的生命之火一樣。

搖搖晃晃的火光在森林裡投射出詭異陰森的影子。那些不停晃動的陰影就好似一群魔物。

「搞不懂妳耶，怎麼會穿那麼輕便的服裝進入夜晚的森林，笨蛋……那已經不是冷不冷的問題了……」

魯米亞身上披著葛倫借她的野外探索用厚外套，蹲在篝火旁邊，目不轉睛地凝視著搖來晃去的火焰。

在一停止走動就會從骨子底開始侵蝕身體的夜晚冷空氣中，平靜地燃燒著的火焰讓魯米亞的臉頰感受到一股舒適的溫熱，精神也跟著恍惚了起來——

微微搖動。

身體以緩慢的固定節奏搖晃。好似躺在搖籃裡的嬰兒一樣。

「……奇、怪？」

魯米亞驀然回神。

明明身體感受到一股舒舒服服的暖意，可是卻四處不見理當是熱度來源的篝火。

「……吵醒妳了嗎？魯米亞。抱歉，要是速度放太慢的話天就亮了。」

「我……睡著了……？咦……？」

剛睡醒腦袋一團混亂的魯米亞慢慢地掌握、理解當下所身處的狀況。

「不習慣在森林裡移動，又連續使用魔術……妳的疲勞程度果然遠比妳自己想像的還要嚴重。這也難怪啦……畢竟妳是在溫室裡長大的——」

「老、老、老師!?」

個性向來悠閒自得的魯米亞罕見地大聲驚呼，聲音在森林裡迴響。

她終於發現。

自己身在何方了。

不知不覺間進入了夢鄉的魯米亞，現在以攀在背上的姿勢由葛倫揹著。

葛倫就這麼揹著魯米亞在森林裡靜靜地四處走動。

「啊……啊啊……!?」

理所當然地，魯米亞和葛倫的身體完全貼合在一起。魯米亞這才知道原來先前在半夢半醒的朦朧意識中，所感受到的那股舒適溫度是什麼，頓時腦袋彷彿快沸騰了一樣。

「那、那個……請放我下來，老師！我已經休息夠了！」

一方面內心充滿了讓老師費心照顧的罪惡感，另一方面又感覺到臉頰快要冒煙的害羞感，所以魯米亞苦苦哀求葛倫讓她自己走，可是——

「少騙人了，怎麼可能沒事。妳先前不顧一切使用了魔法吧？都差點引起瑪那缺乏症了喔？」

「不、不過……!?」

「那類的症狀在稍微休息過後才會一口氣突然顯現。就我的判斷，妳的身體應該還使不上力。暫時先老老實實地休息一下吧。」

「可、可是……」

心跳劇烈加速，腦袋就像發高燒一樣天旋地轉，魯米亞在這樣的狀況下吃力地檢查自己的身體狀況。

大概是因為發現自己被葛倫揹著太教人震驚了，所以直到現在，魯米亞才察覺……葛倫說的沒錯，她的身體重得就像一團鉛塊一樣，而且四肢無力。

這肯定正是短時間劇烈消耗魔力所引發的，典型輕度瑪那缺乏症候群。

照這情況，縱使葛倫答應放魯米亞下來，恐怕她也無法自己好好行走。只會變成葛倫的累贅而已。

「那、那個……是呢……老師的分析好像沒錯……嗯……那就暫時麻煩老師了……」

「啊啊。」

沒錯，這也是情非得已。

魯米亞如此告訴自己。

不過臉頰還是十分火熱。就連剛才湊在篝火旁邊取暖時，也不曾覺得這麼燙過。

一股酸甜複雜的滋味在心中激盪，心跳的速度一直維持在高檔。要是讓葛倫察覺到自己心跳得這麼快的話，該怎麼辦……魯米亞以她火燙的腦袋，滯悶地思考著這種沒有意義的問題。

「……老師。」

攬住葛倫的纖細手臂下意識地微微用力。以體格來說葛倫算是瘦的，不過魯米亞卻覺得他的肩膀又寬又大。

「不過啊，妳們兩個還真的很會給我找麻煩哪……是跟我有仇嗎？」

也不知道是真的不曉得魯米亞的感受，還是在裝傻，葛倫的發言仍然從頭到尾都很粗枝大葉。

「對、對不起……老師你今天還要繼續那個……散步下去嗎……？」

愧疚起來的魯米亞，不假思索地問了這樣的問題。

「啊～嗯，是啊。今天想開拓一下不一樣的散步路線。」

「在這種三更半夜的時候嗎？」

「就在這種三更半夜的時候。」

「在這種地方嗎？」

「就在這種地方。」

葛倫依舊是一副氣呼呼的模樣，繼續往森林深處移動。

「那個，老師……如果揹著我走很吃力，今天還是到此為止吧……」

「妳在說什麼啊？揹著可愛女生走路可是一件爽事，別以為我會輕易放手喔？雖然妳可能會覺得排斥，不過還是死心吧！」

葛倫發出「科科科」的笑聲，臉上浮現邪惡的笑容，並瞥了背後的魯米亞一眼。

聽到葛倫這種說法，魯米亞也只能苦笑。

沒錯，葛倫就是這樣的人。

個性彆扭，幼稚不成熟，一點都不直爽，是個喜歡跟人唱反調的搗蛋鬼。從魯米亞第一次跟葛倫相遇的『那個時候』開始到現在，葛倫一點也沒變。

遺憾的是，魯米亞很清楚學院裡面有很多人，沒來由地討厭這種個性的葛倫。

不過，就因為葛倫是這種性格，所以自己才——

（……抱歉了，西絲蒂。只有現在……只有現在就好……）

儘管心口湧出一陣甜蜜的疼痛，隱隱約約還感受到令人心虛的罪惡感……魯米亞仍然雙手環抱葛倫的脖子，額頭貼靠著他的後腦勺，繼續讓葛倫揹著她搖搖晃晃地走下去。

不久魯米亞恢復了體力，可以自行走路了。

兩人睜大雙眼，在森林深處四處尋找目標的草藥，找著找著甚至忘記了時間。

「啊，老師！我找到了！」

等找到那個東西時，已經接近黎明時分了。那種草在幽暗中微微地發出朦朧的光，像躲起來一樣，潛藏在堆疊於地面上的老樹與老樹隙縫之間。

雖然外觀有些損傷，不過拿來當觸媒使用應該不成問題。

魯米亞開心地準備摘下那株草，葛倫則在一旁低聲嘀咕。

「唉呀呀，熬夜走了這麼久結果只找到一株……而且外觀還受損了。看來是沒辦法拿去賣錢了。沒辦法，雖然有些捨不得，也只好拿去送給白貓了……幹嘛啦？」

「呵呵呵……沒有啊？」

魯米亞露出一副盡在不言中的笑容，看在葛倫眼中感覺很不是滋味。

「……算了。好啦，我們回去吧……真是的，到頭來還是沒想好新的散步路線是什麼，可惡……」

「老師。」

葛倫一邊發牢騷一邊邁步離去，魯米亞突然從後面開口叫住他。

「謝謝你。」

「……有什麼好謝的。」

葛倫停下腳步，無奈似地隔著肩膀覷了魯米亞一眼。

面對總是如此倔強又不坦率的葛倫，魯米亞忍不住脫口說出了這句話：

「老師，你絕對不會沒有跟其他人相處在一起的資格。所以你用不著像那樣刻意與人保持距離喔？」

葛倫就像被攻其不備般全身硬直。

「雖然老師的確是稍微不成熟了點，可是無論何時，你總是為了我們盡心盡力……我對這樣的老師……」

「…………」

「即使全世界的人都否定老師……我……就算只有我一個人，也會站在老師這邊……所以……」

魯米亞拚了命吐露內心的想法，不久葛倫像再也忍不住一樣低聲笑了出來。

「笨～蛋。勸妳還是別再說那種莫名奇妙又害臊的話了。噗噗……我敢打賭，妳之後一定會後悔到躲在被窩裡掙扎打滾。」

「是、是這樣嗎……？」

「就是這樣。好了，走囉？妳也很累了吧？」

「啊……是、是的……」

葛倫催促有些失望的魯米亞後，掉頭轉身背向她。

不過，就在那一瞬間——

「……謝謝妳。」

魯米亞好像聽見有道微小的聲音，喃喃自語似地如此說道。

「喂！歡呼吧，白貓！」

一大清早。

葛倫「碰！」的一聲，粗暴地一腳踹開醫務室的房門。

「我和魯米亞一起去散步，路上偶然發現了解毒的觸媒，所以就摘回來給妳囉？哼哼，稍微心懷感激吧——嗯？」

語氣目中無人的葛倫話還沒說完，突然察覺到房間裡有異狀。

昨天西絲蒂娜所躺臥的床，如今空蕩蕩地不見任何人影。

「咦？西絲蒂娜呢？昨晚她應該睡在這裡才是呀……」

魯米亞不可置信似地東張西望。

葛倫則定睛注視著取代西絲蒂娜放置在病床上的東西。

「……這是？」

花。有一束不知道是誰帶來的花被供奉在病床上。

「老、老師……！那是……」

「喂，這是在開什麼玩笑。」

雖然葛倫對花沒什麼研究，不過他至少曉得那個特徵明顯的白色花卉代表什麼意思。

那是專門供奉給死者的花。

「喂……喂喂……」

徐風從敞開的窗戶吹進了房內，窗簾微微地隨風搖曳。

『視個人體質不同，也不是沒有突然病情惡化導致暴斃的可能性——』

葛倫忽然想起瑟莉卡說過的話。

別鬧了。

這怎麼可能。

葛倫也想說服自己相信這是假的。

不過——看來應該是那麼一回事了。

……已經太遲了。

自己沒能來得及趕上。

「…………」

兩人不知失魂落魄多久的時間。

「——混帳東西！」

等回過神時，只見葛倫冷不防揮拳毆打病床，大聲咆哮。

「妳怎麼可以沒告訴我一聲說死就死!?有沒有搞錯……開什麼玩笑啊!?」

「那個～老師？」

（戳戳）

「妳……！妳未來還有無限的可能不是嗎！怎麼可以因為這種事情死在這啊！」

「那個……老師？你有聽見嗎？」

（戳戳）

「畜生……我就是想看看你們能闖出什麼名堂來，所以才會當講師……結果，卻……！」

「所以說老師……欸。」

（戳戳戳）

「可惡……是我……是我害的……我……是我害了妳……！」

「老師。欸，我說老師呀……」

（戳戳戳戳戳……）

「嘖！幹什麼啦，煩不煩啊!?現在沒空理妳——」

葛倫轉身擺出凶神惡煞的表情，怒瞪那個不會看人臉色、一直狂戳他背部的傢伙——

「呀啊啊啊啊啊啊——!?有、有鬼——!?」

——結果葛倫卻尖叫著往後跳開，整個人貼在房間的牆上。

「你說誰是鬼啊!?」

站在他眼前的是，看似身體完全恢復健康的西絲蒂娜。

「哎呀，怎麼吵吵鬧鬧的……？」

這時瑟莉卡剛好也來到了醫務室。

「啊啊，原來如此。看來似乎讓你們產生一些奇妙的誤會了。」

瑟莉卡一臉歉然地向正不停眨眼，旁觀眼前這場騷動的魯米亞悄悄說道：

「我是有說過學校剛好缺乏觸媒的庫存了，不過我可沒說我家裡也沒有觸媒喔？雖然回家後我也花了很大的工夫才把觸媒找出來就是了。總之她的解毒術式平安無事結束了。放心吧。」

「原、原來是這樣啊……不過那束花是……？」

「啊啊，那好像是你們班一個叫卡修的傢伙，搞錯花的種類帶來探病的。受不了，怎麼有那麼粗心的傢伙。」

另一方面。

面對背部貼著牆壁，一副嚇到魂飛魄散模樣的葛倫，西絲蒂娜紅著臉細聲喃喃說道：

「我說……老師？好像讓你白白操心了……雖然老師說得很絕情，不過似乎還是為了我特地去尋找觸媒……而且還因我而那麼難過，雖說只是一場誤會……不過，該怎麼說呢……」

謝謝老師。

當西絲蒂娜難得想坦率地說出這種感謝的字眼時……

「對、對不起！是我錯了！被妳碎碎唸之後，我就在妳的新筆記本上面亂塗亂畫當作報復！做魔術實驗的時候，也不小心把染色液噴到妳的頭上！還有未經允許就擅自吃掉妳的點心，真的很抱歉！我跟妳賠罪就是了！所、所以，拜託妳不要驚恐也不要迷惘，快點蒙主寵召吧——」

「你這大笨蛋————！」

不正經的魔術講師與追想日誌

Memory records of bastard magic instructor

少女的怒吼響徹周遭。

男子的悲鳴與天崩地裂般的某些劇烈聲響一起合奏。

阿爾扎諾帝國魔術學院，今天也是正常運作的狀態——

迷途白貓與禁忌手記

Wandering white cat and the memory handbook

Memory records of bastard
magic instructor

「魯米亞～找到了嗎～？」

「不，還沒耶。對不起，西絲蒂。」

空間裡瀰漫著一股聞起來像枯樹一樣的古書特有的香氣，一排排的書架上密密麻麻地塞滿了古今中外的書籍——就在這樣的空間一角。

魔術學院的女學生．西絲蒂娜，和魯米亞兩人站在書架前張大眼睛盯著架上。

「我才要跟妳說聲對不起……讓妳陪我做這種事情……」

爬上掛梯在上層書架進行搜尋的西絲蒂娜，內疚似地向細心搜索下層書架的魯米亞說道。

「啊哈哈，不用放在心上啦，西絲蒂。那本手記對西絲蒂來說不是很重要嗎？既然如此，我們一定要把它找出來。」

魯米亞向西絲蒂娜回以微笑，要她不用擔心。

「妳確定是在這間學院附屬圖書館裡面弄丟那本手記的嗎？」

「嗯……應該不會有錯。」

「能找的地方都找過了，也沒有人送到櫃檯的失物招領區……所以一定是有人撿到後不小心搞錯，塞到某個書架上了吧……」

「那個可能性還滿高的……嗚，這下頭痛了……這裡的書堆積如山耶……」

爬下梯子的西絲蒂娜用魔術在指尖產生亮光，照向穿過兩排書架之間的昏暗通道。只見漫長到讓人看了就頭昏眼花的一排排書架，模模糊糊地從深邃的黑暗中浮現。

「我看大概已經找不到了吧……」

西絲蒂娜垂頭喪氣地喃喃嘟囔道，那模樣之憔悴，讓人無法和平常總是神采飛揚的她聯想在一起。

魯米亞向失魂落魄的西絲蒂娜打氣道：

「放心啦，西絲蒂。『綁書帶的山羊皮裝訂手記本，書背是空白的，沒有任何文字』……這樣的外觀特色還挺明顯的呀。我們一定可以找出來的，我也會幫忙找到最後，所以不要擔心了。好嗎？」

「嗯、嗯……謝謝妳，魯米亞。」

朋友表態大力支持後，西絲蒂娜似乎有些感動，她的眼眶隱隱泛著淚光。

「話說，西絲蒂妳竟然會慌張成那副模樣……那本手記對妳來說一定非常重要囉？裡面到底寫了什麼呢？」

「咦!?那、那個……！」

幫忙找東西的人會產生這樣的疑問實屬自然，西絲蒂娜卻不知何故慌張得支支吾吾說不出話來。

「呃，呃……其實那本手記裡面寫的，是我對某魔術理論的個人研究考察啦！嗯！之前我想到了還滿嶄新的術式……」

「哇，這樣呀！西絲蒂好棒喔！」

魯米亞向西絲蒂娜投以尊敬的目光。

「不、不過，那個理論我還沒整理得很清楚，在我自己滿意之前不想讓別人看到……所以說，那個……」

「嗯，那樣的內容確實不能讓別人看見呢。妳放心，就算我先找到，也絕對不會打開來看的。我跟妳約好囉？西絲蒂。」

「嗚……謝謝妳，魯米亞……」

今天的魯米亞看在西絲蒂娜眼中儼然是天使。人果然不能沒有朋友啊……西絲蒂娜不禁感覺到有一股強烈的感動油然而生。

「既然決定了，那我們快點把它找出來吧？畢竟這間圖書館最近鬧出一些奇奇怪怪的傳聞……」

「說得也是，我也不想在這裡逗留太久……雖然只是無憑無據的傳聞，但總是讓人感覺怪不舒服的。」

「我去那邊的書架尋找喔。」

「是嗎……那我找對面的書架好了。三十分鐘後我們再回來這裡集合。」

「嗯，一起加油吧。」

於是兩人兵分二路，繼續找尋下落不明的西絲蒂娜的手記……

在阿爾扎諾帝國魔術學院的學院長室裡。

「什麼？圖書館有靈異現象～？」

葛倫一邊強烈散發出「好麻煩，我才沒興趣，好想趕快回家～」這般充滿負面能量的氣場，一邊發牢騷。

「可是我今天想回去看書耶……」

「葛倫・雷達斯你這傢伙！對學院長那是什麼態度！」

學院中的其中一名魔術講師——哈雷，向這樣的葛倫破口大罵。

「好了好了，哈雷老師你冷靜點。葛倫老師你也不要急著拒絕，先把話聽完吧。事態比你想像中的嚴重多了。」

坐在房間內部辦公桌前的學院長里克，面對情緒激昂的哈雷和一臉睏倦的葛倫，露出一副慈祥老爺爺的模樣說道。

「葛倫，相信你也有聽到傳聞吧？最近屢屢有人在學院的附屬圖書館目擊到靈異現象。」

旁若無人似地雙手抱胸，背部靠著牆壁的瑟莉卡從旁打岔。

「呃……是有耳聞一些啦。」

葛倫一邊抓頭一邊語帶嘆息地回答道。

「有人說，一到※逢魔時刻，在無人的圖書館，可以聽見陰森可怕的聲音……有人表示，有看似少年的幽靈出沒……也有人傳言，書本會自己在空中飛來飛去……類似的靈異現象時有所聞的樣子……不過都頂多是學生在謠傳罷了。印象中好像是上個月那間圖書館進了大量的新書之後，才開始傳出這類謠言的。」（編註：指晝夜交換的黃昏時刻。日本人認為光明轉為黑暗之際，正是鬼魅大量出現的時刻。）

「像我們這種校舍，會傳出此類的謠言並不奇怪……問題是，似乎真的有靈異現象發生，前些天我們也掌握了來源可靠的情報。」

「……真的假的？」

瑟莉卡補充說道後，葛倫呻吟了一聲。

「簡單地說，我希望這起圖書館靈異事件的調查工作，能交給葛倫老師負責。你願意接下來嗎？」

學院長接著說道，葛倫以一副興趣缺缺的模樣抱怨：

「可是我沒什麼動力耶……為什麼非我不可？」

「因為你看起來最閒了。」

「嗚！這理由是如此正當又合理，我根本無從反駁起！」

聽了笑容滿面的里克學院長不假思索說出的理由，葛倫只能抱頭扼腕。

「而且葛倫老師。你……本來是那個吧？」

「！」

「就算有萬一發生，你也是學院的講師裡最有能力妥善處理的人……我會指派你，有一部分也是基於這樣的信賴。」

學院長那真摯的視線投射在葛倫身上。因為有哈雷在場，所以學院長的話說得十分隱晦，不過一如他所暗指的，葛倫是前帝國宮廷魔導士。在處理這種需要用武力解決的事端方面，他在這所學校的講師陣容裡面確實是第一把交椅。

「哼！學院長您也太高估這個男人了吧。這傢伙不管怎麼看都是第三階級的三流魔術師！

有什麼能耐，實在令人懷疑！」

不過葛倫平時總是混水摸魚、遊手好閒，哈雷的說法也恰恰反映出他在學院的評價。儘管葛倫的教學品質有口皆碑，可是他始終不改蔑視魔術的態度，所以包括哈雷在內的資深魔術講師們至今仍視他為洪水猛獸。

「就是說啊！哈……什麼的前輩說得實在對極了！我怎麼可能勝任得起如此重責大任呢!?前輩，拜託你勸一下學院長嘛！快啦！」

可是葛倫卻一點也不在乎。厚顏無恥到讓人恨得牙癢癢的地步。這就是葛倫之所以為葛倫的地方。

「……你、你給我記住，臭小子。」

葛倫無視因憤怒與屈辱而渾身發抖的哈雷，持續纏著學院長，希望能推掉調查的工作。

「對了！說到擅長使用暴力又閒閒沒事的人，還有瑟莉卡不是嗎！把這工作交給她去辦吧!?」

「讓瑟莉卡去處理的話，八成整間圖書館都會被轟垮變成隕石坑吧。」

「嗚！這理由是如此正當又合理，我根本無從反駁起！」

聽了笑容滿面的里克學院長不假思索說出的理由，葛倫只能抱頭扼腕。

「哈哈，學院長這麼說也太失禮了吧。我再怎麼樣也不會做到那麼絕好嗎？頂多就是把屋子燒毀到無法再重建的地步罷了。」

「這樣啊，那就可以放心——」

「能放心才有鬼!?你們這對怪胎師徒！」

終於理智斷線的哈雷向瑟莉卡和葛倫大吼。

「你們可不可以認真一點！那間歷史悠久的圖書館發生了可笑的靈異事件，這可是相當嚴重的事態喔!?那間圖書館和裡面的藏書歷史有多淵遠流長，在魔術上的價值又有多麼崇高，你們真的有搞清楚嗎!?那些藏書為魔術發展帶來的偉大功績，可以回溯至四百年前——」

「哈雷怎麼那麼小鼻子小眼睛咧。那種塞滿了讓人看了就鬱卒的古書的破爛小屋毀了有什麼關係。我老早就覺得很礙眼了。」

「呼……其實我也這麼覺得，瑟莉卡。」

對以追求世界的智慧和探索神秘為己任的魔術師來說，這番發言簡直不可思議，哈雷只能啞口無言。

「這是難得的好機會。我們就乾脆放火燒了它順便烤個地瓜如何啊？瑟莉卡。」

「啊，這提議不錯喔。這麼一來就能徹底解決事件。烤地瓜又很好吃。一箭雙鵰。」

「這算哪門子的一箭雙鵰!?根本是因小失大的極致吧！你們師徒是想跟全大陸的魔術師宣戰嗎!?」

「我去市區買個地瓜。」

「我珍藏的連鋼鐵都能燒成灰的特製魔術縱火劑，是收到什麼地方去了咧……？」

「你、你們別鬧了了啊啊啊，真的拜託你們住手啊啊啊——！」

見葛倫和瑟莉卡完全不把他的話當一回事兀自展開行動，哈雷不禁急得眼眶泛淚向他們哀求。

「喂喂喂，這當然只是在開玩笑的啊，哈雷。我們不可能做出那麼狠的事情來吧？」

「就是說呀，哈棒前輩。我們只是在開帶有前衛藝術風格的小玩笑而已啦。」

「你、你們兩個啊啊啊啊!?尤其是你，葛倫・雷達斯！搞錯名字也就罷了，難道你不知道有些錯誤可以忍，有些錯誤不能忍嗎!?你恨我是不是!?你有那麼恨我是不是啊啊啊——!?」

眼看葛倫和瑟莉卡那沒有下限的惡作劇，就快把情況搞得一發不可收拾的時候——

學院長室的房門忽然「碰！」的一聲從外面被推開。

「老師！不好了！魯米亞……魯米亞她——！」

只見氣喘吁吁、臉色難看的西絲蒂娜出現在門外……

「魯米亞消失了？」

逢魔時刻。

葛倫快步行經被快要下山的夕陽照耀得紅通通的道路上，詢問滿臉不安地跟在一旁的西絲蒂娜。

「……妳仔細找過了嗎？確定她不是在圖書館迷路？畢竟那間圖書館可不是普通的大。有些樓層複雜得像迷宮一樣。」

「我仔細找過了！可是真的找不到！」

「不會是她自己先回家了吧？」

「魯米亞的書包還放在入口大廳的置物處耶！況且……我不認為她會跟我約好了，卻丟下我自己先回家——」

「……確實是不太可能哪。可惡，這麼看來是真的了嗎？」

圖書館鬧靈異現象的傳聞，以及魯米亞的離奇失蹤。要斷言兩者之間完全沒有關連，也未免有些不自然。

事件發生的預感，讓葛倫不禁咂嘴。

「怎麼辦，老師……假如魯米亞遭遇不測，那我……我……！」

「冷靜，白貓。總之我們先去圖書館調查相關線索。剩下的之後再談。」

葛倫安撫急得快哭出來的西絲蒂娜後，停下腳步抬頭仰望近在眼前的建築物。

阿爾扎諾帝國魔術學院附屬圖書館。原先是位在富麗堂皇的本館和別館地底下的多層構造地下書庫，後來擴大發展成獨自的建築，這間圖書館也正是幫助魔術學院成為北大陸頂尖學府的重要基礎。

收藏在館內來自大陸各地的藏書，總數已經超過一千五百萬冊。論藏書的數量，這間魔術學院的圖書館雖然略遜鄰國雷薩利亞的聖艾里沙雷斯教會教皇廳地下書庫，卻擁有許多其他地方所沒有的古代文獻、碑文、古文書魔導書、學術相關書籍等珍貴文物，所以常常有非出身自魔術學院的民間魔術公會魔術師，以及研究領域完全與魔術無關的歷史、人文、自然科學學家，特地爭取許可以便進入本圖書館。說它是智慧的寶庫也不為過。

「妳知道圖書館最近發生許多靈異事件嗎？」

「嗯、嗯……是有耳聞一些謠傳。不過我覺得那也只是謠傳而已……」

「唉，太過掉以輕心了。歷史悠久，而且收藏了大量的魔導書和禁書，以及外典之類書籍的圖書館，會發生那種靈異事件，本來就是很常見的情況。畢竟寫書或多或少都算一種在人類的共通意識領域構築固有世界的行為。會對世界帶來什麼樣的影響，不是我們可以預測得到的。」

「不會吧……」

「從我聽到的傳聞判斷，有可能是絕非善類的惡靈被吸引到圖書館，然後在那裡定居了下來的樣子。雖然原因還不確定。」

「……惡靈嗎？」

西絲蒂娜對惡靈這個字眼產生反應，面露若有所思的表情喃喃嘟囔。

「換句話說，是那個惡靈作祟，把魯米亞藏起來了……？」

「這個可能性很高。雖然只是我的直覺啦。」

葛倫過去在帝國軍歷經艱險所磨練出的『直覺』。

西絲蒂娜忍不住為之屏息。

「視情況或許免不了要跟那個惡靈一戰吧。喂，白貓。淨化的咒文妳有學起來吧？」

「你是說白魔【淨化之光】嗎？嗯，我已經學起來了。」

「優等生果然是優等生。那個咒文只會對負的靈體發揮效果。所以不需要擔心波及一旁的書。只要感覺快碰到危險就放手痛擊敵人吧。」

「是、是的……！」

「好，做好心理準備了嗎？上吧，白貓。我們一定要協力救出魯米亞。跟我來，可別走散了喔？」

西絲蒂娜用力點頭回應葛倫。

然後她跟著先行往圖書館入口的拱型大門走去的葛倫背影前進。

（不過……雖說我也覺得自己在這種時候想這些，危機意識有點單薄……）

可是，為了救出魯米亞，毫不遲疑地身先士卒，往可能危機四伏的地方前進的葛倫，他的背影看起來是那麼地可靠。西絲蒂娜有些情不自禁地心跳加速了起來。

葛倫進入附屬圖書館的入口大廳後，向櫃檯的司書官說明了來意，並且得知了魯米亞依舊還沒回來的消息。

於是葛倫和西絲蒂娜上樓前往疑似是魯米亞消失的樓層。

現在剛好是今天圖書館閉館的時間，四下無人。

為了防止書籍受損，圖書館內部的窗戶和光源數量原本就極端稀少，現在閉館之後所有的油燈又都被熄滅，整個館內暗得伸手不見五指。兩人只能仰賴指尖的魔術光源，默默不語地走在書架與書架間如迷宮般錯綜複雜的通道上。

叩、叩、叩。

在靜悄悄的館內，只聽得見兩人的腳步聲格外清冷地迴盪著。

「…………」

跟在葛倫身後的西絲蒂娜這時突然感到莫名緊張。

靜到會讓人產生耳鳴的靜寂。

若非有魔術光源的保護，四周的黑暗濃密到彷彿要將他們兩人吸入融為一體。

額頭自然而然地流出了冷汗。

幽靈很有可能會突然冒出來。重點是這個能見度趨近於零的封閉暗黑空間，會讓人不由自主地開始胡思亂想。

好比說，在那邊的書架與書架之間。宛如直通深淵的黑暗深處裡面。

會不會有什麼難以形容的可怕魔物，現在正屏聲靜氣潛伏在那個地方，伺機發動攻擊襲向他們呢……

「怎麼？妳害怕了嗎？」

葛倫轉頭隔著肩膀覷了西絲蒂娜一眼，挖苦似地說道。

「妳平時不是很強勢嗎？怎麼臉那麼僵硬？如果妳怕鬼，現在想要回去，我也無所謂喔？」

才欽佩他這個人還滿值得依賴的，他立刻就擺出這種態度。

西絲蒂娜無奈似地嘆了口氣後，氣鼓鼓地回答：

「拜託。說完全不怕那是騙人的，可是我害怕的東西不是鬼……不是什麼惡靈之類的。」

「噢？」

「我現在感受到的，是人類面對黑暗時，本能上所懷抱的原初恐懼。這不是需要感到羞恥的事情，而且只是這點程度的恐懼，我身為魔術師可以控制得住感情，不會有問題的。」

「哦？還在逞強啊……其實妳怕鬼怕得要命吧？」

葛倫露出賊笑，調侃似地盯著西絲蒂娜的面孔瞧。

不知道他這麼做是為了打破沉重的氣氛，還是純粹對女孩子不夠體貼——或許兩個原因都有，總之西絲蒂娜有些不高興地反駁了。

「基本上，在魔術已經有了長遠發展的現代，不管是幽靈或惡靈都已經不再是未知的存在了，而是經過魔術方式查證過的既知存在。要怎麼對付他們也建立了一套明確的方法，還有什麼好害怕的？」

「呿，妳這傢伙還真無趣。害怕一下又不會怎樣……」

看來葛倫果然是想調侃西絲蒂娜獲得樂趣的樣子。

「老師，那你自己又怕不怕鬼？害怕的話就把接下來的工作都交給我，先回去也沒關係喔？」

雖然西絲蒂娜自己也覺得說這種話很幼稚，但她還是忍不住挑釁。

「哼，少說蠢話了。妳當本大爺是什麼人？我可是曠古稀世的超天王級名講師葛倫・雷達斯大師喔？」

「……真傻眼呢。一般有人會自稱天王講師的嗎？」

「如果讓我上台以魔術理論分析幽靈的真面目，我一定可以解讀得比妳更透徹好嗎？是說，都怪我對幽靈太瞭若指掌了，現在聽什麼鬼故事都覺得一點意思也沒有，真教人傷心……」

葛倫完全無視西絲蒂娜的吐槽，以誇張的肢體動作向西絲蒂娜聳肩。

「不信的話，下次上白魔術的課就來討論這個問題吧？到時我再跟妳實際證明，對魔術師而言，幽靈是多麼不值一提的存在。」

「唉……好啦，你很行就是了……」

當兩人憑藉著這樣的互動，有說有笑地化解瀰漫在兩人之間的緊張感時……

「……!?」

葛倫一如察覺到有什麼異狀般，突然停下了腳步。

規律的腳步聲戛然而止，真正的寂靜無預警地降臨。

「怎、怎麼了？老師。」

看到葛倫突然露出不甚尋常的模樣，西絲蒂娜不禁繃起面孔開口詢問道。

「……奇怪了。」

「咦？哪、哪裡奇怪了？」

「我說，白貓。魯米亞是在書架區塊〈G8〉附近消失的沒錯吧？」

「是、是啊……」

「而我們正一路往那裡前進。」

「……是、是啊……」

「確定沒有錯吧？」

「確、確定沒有錯……才是。」

「真的嗎？」

「幹、幹嘛問這個!?究竟發生了什麼事呀!?不、不要賣關子了，快點告訴我——」

葛倫靜靜地伸手指了某一排書架。

該書架旁邊掛著一塊標示〈G1〉的牌子。

「什麼？那又怎麼樣嗎……」

雖然有些後知後覺，不過西絲蒂娜也發現了不對勁的地方。

「咦？這裡還是〈G1〉嗎？我記得很早之前我們就已經通過了〈G1〉才對啊……!?以速度來說，就算我們現在抵達〈G8〉也不奇怪……怎、怎麼會!?」

「附帶一提，這塊〈G1〉的牌子……這次是我第三次看到了。」

「……咦？」

葛倫的發言讓西絲蒂娜全身僵直。

「不，第二次看到的時候，我一直以為是自己看錯或搞錯了……看來事實並沒有那麼簡單。」

「……老師你是在開玩笑吧？」

「這種玩笑可一點都不好笑。」

葛倫表情隱隱帶著緊張，絲毫不敢掉以輕心地警戒著四周，一改平常總是吊兒郎當的態度。

「呃～呃……換句話說……意思是……」

西絲蒂娜感受到有冰冷的東西從背部流過，並且腦海裡直覺地浮現出可怕的想像畫面，臉色鐵青的她戰戰競競地向葛倫查證。

「嗯？換句話說我們一直在同一個地方打轉。看樣子我們似乎被關在沒有出口的無限迴廊裡了……原因是什麼我就不清楚了。」

四周一片安靜。

或許是停止走動的關係，籠罩著兩人的寂靜比剛才更加沉重了──

「那、那怎麼可能！一定是哪裡搞錯了！」

一股難以壓抑的衝動，逼使西絲蒂娜不顧一切衝了出去。

「啊，喂!?笨蛋！不要跟我分開！」

葛倫也立刻緊追在後。

西絲蒂娜在腦海裡回想圖書館的地圖，穿過書架與書架之間的通道，在盡頭的轉角轉彎，然後埋頭衝刺衝刺再衝刺──不斷擺動雙腳──

「呼──呼──怎、怎麼可能……」

看到出現在眼前的掛牌依然是〈G1〉，西絲蒂娜一臉錯愕。

「……受不了，喂！冷靜下來，白貓！要是走散了那該怎麼辦!?」

追在西絲蒂娜身後的葛倫，無奈地斥責茫然若失呆站在掛牌前的她。

「啊～果然又回到同樣的地方來了嗎……途中我就覺得方向感好像有點怪怪的……原來如此，也難怪魯米亞會回不來了……」

看到掛牌上的標示後，葛倫也一臉嫌惡地皺起眉頭。

「怎、怎、怎、怎麼辦，老師!?我、我們這輩子會永遠——啊哇哇哇哇……！」

無預警發生的意外事態令西絲蒂娜幾乎要陷入混亂。

然而——

「這樣一點都不像妳。冷靜點，白貓。平時那個聰明的妳怎麼不見了？」

葛倫的口氣保持得十分冷靜沉著。

「若從魔術的角度來分析，沒有出口的無限迴廊並不是什麼難以說明的現象吧？不過就是把空間和空間切割變形重組罷了。總歸來說，若實際書寫成術式，就知道那充滿矛盾漏洞百出……只要找出原因，我們一定可以脫離這個無限迴廊。回想魔導第二法則吧。」

「老師……」

西絲蒂娜不禁心生佩服。即便發生預料之外的狀況，葛倫依然能保持鎮定。

「總之，我們姑且先在這一帶四處繞繞，找出空間的扭曲——」

喀噠。

這時，突然有明顯不自然的聲音響起。

「咿!?」

「……什麼聲音？」

兩人屏聲靜氣觀察四周……

喀噠。喀噠。

喀噠、喀噠喀噠喀噠……

「書……在震動？」

「什、什麼!?怎麼了!?發生了什麼事!?」

接著——

啪啦！啪啦啪啦啪啦！

架子上的書突然同時自行飄出書架，開始四處亂飛。

「呀啊啊啊啊啊啊啊——!?老老老老師！書、書自己飛起來了——!?」

「拜託妳冷靜下來啦！不過是東西在天上飛，這對魔術來說是很容易就能解釋的現象吧!?」

「可、可可可可、可是!?」

「話說回來，妳分明就很怕妖魔鬼怪吧!?」

「嗚!?我、我哪有——」

在空中飛來飛去的書本一如要發動撞擊攻勢般，殺向打起了口水戰的兩人。

「呿!?該死的東西——」

「呀!?」

葛倫第一時間就發現那些飛來的書似乎來者不善，用公主抱的方式一把將西絲蒂娜抱起，敏捷地拔腿就跑。

只見那些書本發出劇烈聲響，撞向先前葛倫和西絲蒂娜所在的位置——

「等……!?老、老師!?」

兩旁的景色往後方流逝，被葛倫抱在懷裡的西絲蒂娜叫破嗓子，驚慌失措地抵抗著。

「啊、啊哇哇……請、請放我下來！放我下來啦！呀！不、不可以摸那邊！」

西絲蒂娜面紅耳赤地扭動身體掙扎，可是一心只想著逃離現場的葛倫根本沒有發現。

「啊啊，可惡！我就說嘛，工作只會碰到一堆麻煩透頂的事情！」

隨著在書架與書架間的通道奔竄的腳步聲，葛倫的悲痛吶喊響徹了圖書館。

「呼……呼……看來書本不會再亂飛了……」

在左右兩邊和後方都被高到必須抬頭仰望的書架包圍的死胡同，葛倫放低呼吸聲並提高警戒觀察四周的情況。

「可惡……看來我們也確定被捲入那個圖書館的靈異事件了……現在要怎麼解決這個狀況啊。」

「那個……老師？」

西絲蒂娜開口了，從她的語氣聽得出似乎有一點生氣。

「幹嘛啦？」

「現在已經安全了……可以放我下來了吧？」

仔細一瞧，西絲蒂娜仍呈現公主抱的狀態被抱在葛倫的懷裡。

或許是葛倫未經同意就抱她的關係，她顯得相當氣憤。西絲蒂娜姿勢僵硬地蜷縮起纖瘦的身體，把頭撇向一旁，她的耳根子紅通通的，即使在黑暗中也看得一清二楚。

「哎呀，抱歉……呃，可以的話，能等事情過後再說教嗎？」

「無所謂啊……我又沒有在生氣。」

終於獲得解放的西絲蒂娜看也不看葛倫一眼，背過身子冷冷地說道。

啊啊，看來之後有大麻煩了。當時會那麼做也是逼不得已的選擇，葛倫雖然覺得有些心煩，還是強迫自己轉換意識。

無意間他看到了掛在一旁書架的掛牌。

掛牌上標示著〈H9〉。

「……嗯？所以可以往後倒退嗎？這就奇怪了……這不是一般雙向封鎖的無限迴廊，只有單向封鎖……既然如此，那為什麼魯米亞會有去無回？」

追根究柢，這些日子以來圖書館疑似發生了許多奇奇怪怪的現象，可是並沒有造成任何實際傷害。所以事態才會一直停留在傳聞的階段。

為什麼會直到現在才只有魯米亞一個人失蹤？

這整起事件充滿了不自然，當葛倫就疑點的部分陷入沉思時……

（戳戳）

西絲蒂娜就像有所忌憚一樣，畏畏縮縮地用手指戳了戳葛倫的上臂。

她的視線依然停留在其他地方，而不是面對葛倫。

「……幹嘛啦？」

思緒被打斷的葛倫用聽似有些不愉快的語氣問道。

「出現了。」

「什麼出現了？」

「鬼。」

「是嗎？」

葛倫滿不在乎地把視線投向西絲蒂娜所面對的方向……然後整個人僵住了。

沒錯。真的有鬼。

那不是幻覺或眼花看錯了。

在彷彿直通黑暗深淵，書架與書架間的通道盡頭。

有個人影緩緩地浮在空中朝兩人飄來。

「出現了耶。」

「出現了呢。」

兩人的語氣顯得莫名冷靜沉著。

「……真的出現了耶。」

「……真的出現了呢。」

兩人的語氣同樣莫名冷靜沉著。

「…………」

「…………」

接著兩人呆若木雞沉默不語，一段時間後——

「呀！老師⁉」

葛倫突然不由分說地牽起了西絲蒂娜的手，掉頭就跑——

隨之直接一頭撞上後面的書架。

「呀啊——⁉」

葛倫身子一軟趴倒在地。

「老、老師，你在搞什麼啊——⁉現在不是搞笑的時候吧⁉」

「呼……我太大意了，竟然忘記我們躲進了死胡同裡面……」

臉上烙印著書背痕跡的葛倫用冷靜沉著的聲音喃喃說道，從地上爬起來拍掉衣服的灰塵。

白色人影愈來愈靠近。

「咿、咿咿咿、來了……!?」

「嘖……沒辦法。」

葛倫用從容不迫的聲音，向嚇到快魂飛魄散的西絲蒂娜說道：

「算了，難得有這個機會。來場對抗惡性靈體存在的實習戰鬥好了。」

「咦？咦咦──!?你的意思該不會是……」

「妳猜得沒錯。快上吧，白貓。快點用白魔【淨化之光】解決掉那隻鬼吧。」

「我、我、我嗎!?可、可可可、可是可是可是!?」

「哎呀？妳不是說妳不怕鬼嗎？或者說妳只是在逞口舌之快而已？」

「嗚……我知道了啦……」

被葛倫這麼一刺激，西絲蒂娜也只能放手一搏。

西絲蒂娜流了滿頭的大汗，向前邁出一步，朝白色人影伸出左手掌心──詠唱咒文。

「《光、啊・驅除、汙……穢・恢、恢復純、淨……》！」

四周一片安靜。

什麼事情也沒發生。

要用音階複雜的盧恩語詠唱咒文，必須使用特殊的發音方式，可是現在的西絲蒂娜，發音卻亂得一蹋糊塗。

由於她的詠唱完全偏離盧恩的韻律，而且精神不夠集中，所以咒文並沒有成立。

「……喂。」

「《光、啊・驅除……汙穢・……淨吧》！」

再試一次結果還是一樣。西絲蒂娜尷尬地說不出話來。

「白貓……妳咒文根本唱得結結巴巴的不是嗎!?我看妳其實根本怕鬼怕得要死吧!?」

「嗚咕——」

「真是，還敢說什麼『經過魔術考證的鬼一點都不可怕』這種屁話!?少逞強了啦!?」

「吵、吵什麼吵！我可是女孩子耶!?跟理智無關，看到可怕的東西還是會害怕呀!?」

惱羞成怒的西絲蒂娜眼眶噙著淚水，怒沖沖地向葛倫威嚇。

「唉，沒用的東西！只好換我來一展身手了！讓我示範一下淨化魔術要怎麼用！」

葛倫高舉左手往前一跳，威風凜凜地唱起咒文——

「《框呀・妻求舞會・揮舞純精吧》——！」

四周一片安靜。

當然，什麼事情也沒有發生。

「……老師？」

「呼。」

西絲蒂娜一臉錯愕，只見視若無睹的葛倫露出滿不在乎的表情用手梳理頭髮——

「呀！老師⁉」

然後他毫無預警地二話不說就牽起西絲蒂娜的手，轉身想要溜走——

結果還是直接一頭撞上後面的書架。

「嗚喔喔喔喔喔～～⁉」

「等一下……難不成老師你……」

西絲蒂娜看到葛倫摀著臉在地上打滾的窩囊模樣後，終於認清了一個事實。

「……你在害怕？」

「啥⁉拜、拜託，我聽不懂妳在胡說八道什麼喔⁉」

「請不要裝傻了！你明明就很怕吧⁉其實你自己也怕鬼怕得要命對不對⁉」

「本、本蛋！偶、偶幾咪口能會怕鬼——」

啊，沒救了。百分之百確定。

西絲蒂娜不禁頭暈目眩。

「這麼說來，老師你從剛才就和平時判若兩人，態度很冷靜沉著都沒有亂開玩笑呢……原來那是因為你心裡害怕到亂了分寸嗎!?還警告我不要離開你，其實你是害怕我丟下你一個吧!?是不是!?你說啊!?」

「笨蛋東西——！妳不懂什麼話可以說什麼話不可以說嗎？混蛋——!?把我的自尊心踩在地上踐踏有那麼爽嗎!?啊啊!?哭給妳看喔!?」

「還敢說什麼『太瞭解幽靈，鬼故事聽起來一點都沒有意思』這種大話!?想逞強也要適可而止好嗎!?」

「吵死了！人家是小男生喔!?跟理智無關，看到可怕的東西還是會害怕的咩！」

「好噁!?那是什麼噁心的反應!?」

正當兩人展開這般低層次的爭論時——

『回去——回去——回去——』

白色的人影已經逼近到近在咫尺的範圍。

半透明的亡靈外表看起來就像個少年，他面無表情冷若冰霜——對生者充滿敵意的雙眸綻放出光芒，看了就讓人怵目驚心——

『回去——』

「咿咿咿咿咿咿咿咿咿咿──!?」

「不──要──!?」

兩道尖銳刺耳的悲鳴在圖書館迴盪。

只見亡靈朝兩人伸長了手──

「不、不要過來啊啊啊啊啊啊啊啊啊啊啊啊啊啊啊──!?」

葛倫展開了行動。

他二話不說把西絲蒂娜夾抱在腋下，踩著地板用力往上蹬。

「喔喔喔喔喔喔喔喔喔喔──!」

葛倫以右側的書架為立足點，一步一步往上踩，一鼓作氣爬到書架上面，然後又接著向上跳。

只見葛倫在空中一個迴旋轉身，用腳頂著天花板用力一蹬，藉此獲得新的推進力，往白色人影的後方落下，扭身著地。

著地的瞬間，他旋即拔腿狂奔將幽靈遠遠拋在腦後，脫離死胡同。

葛倫所展現出的機動能力不是一般人可以辦得到，極其詭異又變態。人在碰上火災的時候都會發揮出怪力，指的就是這麼一回事。

至於被迫跟他飛天遁地的西絲蒂娜則完全失控了。

「呀——!?呀啊啊啊啊啊啊啊啊啊——!救命啊啊啊啊啊啊啊啊——!」

一排排的書架宛如湍流般急速往後流動，被葛倫夾抱住的可悲少女呈現半失心瘋的狀態大叫著抵抗。

四周的書本彷彿要對葛倫他們展開追殺般，又喀噠喀噠地開始震動——

「老、老師老師老師!?書本、書本又～～!?」

「可惡——!?打算陰魂不散地糾纏我們嗎——!?」

葛倫似乎因為恐懼超過一定極限，反而惱羞成怒的樣子。

「好，要打就來啊——!?」

葛倫忽然停下腳步，拋下夾抱在身旁的西絲蒂娜，向後轉身。

接著他從懷裡掏出某個結晶般的物體，握在左手裡面，然後「啪」的一聲打在右手掌心上。

這一幕熟悉的畫面讓西絲蒂娜產生了強烈的不祥預感。

「老、老師……?那東西該不會是……」

「沒錯，是黑魔改【毀滅射線】的起動觸媒。」

「果、果然!?」

「呵呵呵，這是瑟莉卡口中『連邪神都能殺得死的最強攻擊咒文』……我就不信區區一隻鬼會打不死！」

葛倫的兩眼已呈現完全發直的狀態。

「等、等一下!?如果是【淨化之光】這種不會帶來任何物理影響的咒文也就算了，要是以你現在情緒不安定的狀態唱咒，讓【毀滅射線】這種超危險的破壞咒文失控怎麼辦!?這可不是整間圖書館都被你拆掉那麼簡單而已唷!?」

「管他那麼多，我要把那隻鬼連同這些老骨董的書通通都消滅……反正問題能解決就好，是吧!?」

「等一下！拜託你別衝動啊～～！」

葛倫以極度口齒不清的咬字開始唱起黑魔改【毀滅射線】，西絲蒂娜則哭喪著臉纏著葛倫求他住手——

就在這時——

「咦？老師和西絲蒂……你們兩個在這種地方做什麼？」

後方突然傳來聽似悠哉的聲音。

「……嗯？」

「咦？」

兩人轉頭一瞧。

只見一臉納悶的魯米亞好端端地站在那裡。

「……魯、魯米亞？」

「妳怎麼會在這裡……？」

於是——

『哎呀？原來你們是魯米亞小姐的朋友嗎……恕我方才冒犯兩位了。』

原先看起來嚇死人不償命的白色少年亡靈，忽然變得親和力十足，向三人靠近。

「啊，萊茲先生。對了對了，萊茲先生你要找的書是不是這本？」

看到少年幽靈現身，魯米亞便把摟在懷裡的那本書拿給他看。

『喔、喔喔喔喔！就、就是它！就是這本書！那個……冒昧請問一個問題……妳有打開看過嗎……？』

「放心啦。我沒看。」

『謝、謝謝！魯米亞小姐，真的太感謝妳了！』

少年幽靈感激地哽咽了起來。

「這是……」

「……怎麼一回事？」

葛倫和西絲蒂娜的腦內演算能力已經到了極限。

在聽了生前名叫萊茲・尼西的幽靈說明後，葛倫語帶嘆息地整理出了結論。

「總而言之，你是附身在魯米亞帶來的那本書的幽靈……如果有人靠近那本書，你就會發動靈異現象把他們嚇跑……是這樣沒錯嗎？」

『是的……無論如何，唯獨這本書我不希望讓任何人看到，所以……』

幽靈少年愧疚似地說道。

『況且上個月圖書館進了大量的書籍後，緊接著又展開了大規模的書架整理，我附身的那本書不曉得被收放到什麼地方去了……所以我不得不開始恐嚇，所有接近有可能存放了那本書的區域者……雖然我自己也覺得非常過意不去……』

「好、好吧，先不管那個了……為什麼你跟魯米亞感覺會這麼親近？你對魯米亞做了什麼？」

西絲蒂娜的口氣明顯對他有所提防。畢竟這世上最擔心魯米亞的人就是她，會有這樣的反應也是理所當然。

『那是因為……一開始當我發現魯米亞小姐的時候，我本來也打算跟之前一樣利用無限迴廊和書本的靈異現象，以及我親自現身的方式把她嚇跑……可是她非但一點都不害怕……還說她必須幫她最好的朋友找到東西……』

「…………」

「…………」

萊茲的說明讓葛倫和西絲蒂娜都陷入了沉默。

『硬是要去嚇一點都不怕你的人感覺也挺愚蠢的，所以我就把我的情況告訴她，然後互相幫忙找東西。』

「啊哈哈，其實也不是什麼值得提的事情。無限迴廊和書本的靈異現象還有幽靈的存在，這些事情在現代都是可以清楚用魔術來解釋的，不是嗎？」

魯米亞靦腆地面露笑容。

「老師和西絲蒂娜都比我還要瞭解幽靈，所以碰到萊茲先生也一定都沒有受到驚嚇才對吧？」

「……噢、噢……妳說的對。」

「啊、啊哈哈……是、是啊……」

面對笑得十分開朗的魯米亞，葛倫和西絲蒂娜結結巴巴連話都講不清楚。

「話、話說回來。你千方百計不想讓其他人看到的那本書……裡面到底是什麼內容？」

葛倫把視線投向魯米亞摟在懷裡的書。

『小說。』

「小說？」

『是的，這本書是我小時候寫的小說。』

「嗯～你那本書的裝訂確實不像凸版印刷書或手抄本，比較像手記呢……」

「啊啊啊啊啊啊——!?」

這時，西絲蒂娜突然無緣無故發出尖叫。

「小說！萊茲・尼西！難、難道你是小說家萊茲・尼西先生的幽靈!?」

「什麼？那是誰啊。妳知道那號人物嗎？白貓。」

「老師你沒聽說過嗎!?萊茲・尼西先生是靠『浪漫探索者』等作品一炮而紅，以前超有名的幻想小說作家耶!?他厲害的地方在於，能把從來沒有人看過的古代遺跡描寫得栩栩如生，劇情也充滿魄力和戲劇性，人稱幻想小說的歷史性大師，在拜讀過萊茲先生的作品後，我也產生了興趣——」

話說到一半，興沖沖的西絲蒂娜突然語塞，閉上了嘴巴。

「在拜讀過萊茲先生的作品後妳也產生了興趣……然後呢？」

「……然後沒怎樣。」

「？」

看西絲蒂娜突然不開心似地沉默了下來，葛倫納悶不已。

『即使時代變遷，還是有讀者這麼愛戴我的作品，感覺真教人不好意思呢……謝謝妳的支持。』

萊茲像在掩飾自己的難為情般靦腆地說道。

『只是，雖然晚年的時候大家都尊稱我為幻想小說大師……不過在我小時候……也就是在差不多我現在這外表的年紀時所寫出來的作品，只有慘不忍睹四個字可以形容了……』

「噢？即使是職業作家果然也有過那種時期嗎？」

『是啊。舉例來說，在那時的小說中，我幫主人翁設定了一堆最強能力，讓他變成天下無敵；明明個性冷酷無情，可是不知何故卻具備了吸引人的魅力；莫名其妙受女孩子歡迎，時時處於坐享齊人之福的狀態；無論是信念再怎麼堅定的敵人，只要主人翁稍微說教一下，敵人都會心生動搖並且回嗆「嗚，你懂什麼！」，最後不管是在理論層面還是現實層面都慘敗給主人翁，並且洗心革面；於是結局中所有人都把主人翁捧成了神……』

「嗯……光聽你的描述就教人感覺頭皮發麻了……」

葛倫的臉部肌肉不停在抽搐。

『我在病死之前曾交代家人，等我去世之後一定要把這本手記燒掉，可是不知道為什麼這本手記還是被留了下來，最後輾轉成了這間附屬圖書館的藏書之一……要是讓其他人看過這本手記的內容，我會羞愧而死的！』

「你早就死了吧。」

『而且，只要這本手記還留在世上，我就永遠無法昇天！即使死了也死得不瞑目！啊啊，我到底該怎麼辦!?』

萊茲不禁抱頭蹲在地上。

「那本手記……我們如果拿去燒掉也不妥吧？」

魯米亞面露複雜的表情看著葛倫。

「是啊。雖然是小時候寫的未成熟之作，不過就我剛才聽到的資訊判斷，那算是相當知名的小說家親筆寫成的作品。不僅價值連城，而且小說可以拿來當作查證當時的風潮・風俗・流行等文化的歷史文物。我好歹也是一介學者，實在沒辦法選擇將它拿去燒毀。」

「真想不到剛才還想用凶惡的咒文把整間圖書館連同貴重文物也一起消滅的人，居然會說出這種話來呢。」

西絲蒂娜一針見血地冷靜吐槽講得頭頭是道的葛倫。

葛倫無視西絲蒂娜的吐槽，把目光投向萊茲。

「吶，我說萊茲先生啊。」

『什麼事？』

葛倫把手伸進披在身上的長袍裡面，從背部抽出一本原先插在腰帶上的書，然後將它遞給了萊茲。

『這本書是？』

「你先別問那麼多了，看過再說吧。」

萊茲不懂葛倫的意圖，一頭霧水地接過他遞出的書本，翻開一瞧。

『……這、這是……!?』

只見明明是幽靈的萊茲竟然也會有面紅耳赤的反應，而且一邊『嗚哇……』或『天啊……』唸唸有詞地嘟囔著，一邊不停往下翻頁。

「老師？到底是……？」

「等著看就對了。」

葛倫自信滿滿地頷首回應魯米亞的疑問。

不久，終於看完整本書的萊茲碰的一聲闔上了書本。

『太好了……』

忽然，有一道光從上空投射在萊茲身上。

『啊啊……真的太好了……和這本書相比……我小時候寫的小說，根本就是貨真價實的純文學啊……』

「沒錯，就是這樣，萊茲。這世上沒有最爛的，只有爛上加爛……」

『呵呵，雖然這種安慰方式還挺不上道的……不過坦白說，我確實是放寬心了……我在這個世上已經沒有任何牽掛……』

「呼……是嗎？」

『是的，我終於可以離開……再會了，各位。雖然時間短暫……不過我很高興認識你們……』

於是——

『永別了……』

萊茲帶著安詳滿足的表情，漸漸消失在光芒中。

不久光芒消退。原地只留下萊茲最後看過的那本書。

「留在這個世上的亡靈也不見得每個都對活人懷抱敵意。有些靈魂是因為對這世界還有所牽掛才會繼續留在世上。透過對話等方式幫助對方消除牽掛，有時候可以促使他們成佛……唔，下次上課來討論這個問題好了。」

葛倫洋洋得意地說道後，撿起了留在地上的書本。

「話說回來，居然有辦法讓對童年時代的黑歷史作品耿耿於懷的幽靈安心成佛……由此可知這本小說寫得有多爛。」

葛倫一邊露出賊頭賊腦的笑容，一邊翻頁。

「嗯，重新再看一次感覺真的有夠爛的，這是在寫什麼啦。呀哈哈哈哈哈！嗚哇，天啊啊啊啊……！」

「老師……那本書是？」

「啊啊，妳說這個？這是我白天來圖書館借書時，無意間從某個書架翻出來的小說。雖然不是我喜歡看的類別，不過實在是太有趣了……當然，這裡的有趣指的是其他意思！」

葛倫憋笑著把內容分享給魯米亞看。

「這小說感覺應該是在描寫女學生跟老師之間的禁忌戀愛啦～不過內容實在太慘烈了，這部小說的作者根本一點寫作天分也沒有！」

「是嗎？」

「不管是修辭還是文章都修飾過頭，而且太做作了，實在讓人讀不下去，劇情超不合理又一堆老掉牙的展開，話說回來光人物設定就……噗。」

葛倫一邊回想和噴笑，一邊說明小說的內容。

「故事是以女主角的視角來進行，作者把身為女主角的女學生設定成驚世美少女，受到各種帥哥型男的喜愛，可是她對他們冷冰冰的，一個都看不上眼。至於這個老師也是愛上少女的其中一人，這傢伙平常雖然非常不中用，可是每逢關鍵時刻他都願意為女主角赴湯蹈火……然後女主角就沉浸在『啊啊，我真是罪孽深重的女人啊』這種自我感覺良好的情緒裡面。」

「哇……被可靠的成熟男性死心塌地愛著……這小說根本是在寫思春期女生的心願呢。」

聽完故事概要，魯米亞忍不住苦笑。

「嗯？妳也會希望這種事情發生在自己身上嗎？」

「啊哈哈，好歹我也是女生呀。當然會對這種情境懷抱憧憬了。」

魯米亞接著轉頭望向身後的西絲蒂娜。

「妳說對不對？西絲蒂。」

「……………………嗯。」

連在黑暗中也明顯看得出來西絲蒂娜不知怎地鐵青著臉，而且整張臉汗如雨下。

「話說回來，這本小說到底是誰寫的啊……書背沒有書名，也沒寫作者的名字……」

這時西絲蒂娜慢吞吞地動了起來。感覺就像被什麼東西給附身了一樣。

「書本的外觀使用山羊皮裝訂，還附綁書帶……與其說是書，感覺更像手記……仔細一瞧紙張還很新，墨水也還沒乾得很徹底……看起來好像是最近才剛動過筆……咦？這小說怎麼好像劇情發展到一半就沒了？是還沒寫完嗎？真奇怪。這種半成品怎麼會成為圖書館的藏書？」

啪啦啪啦不停翻頁的葛倫不可置信似地歪著腦袋。

西絲蒂娜緩緩地移動到葛倫的身後。

然後，葛倫的手指翻到了那本書的最後一頁。

「喔？最後一頁有寫名字耶？我看一下叫什麼來著。西絲——」

噹！

不可思議的是──

就在這時，葛倫的眼前隨著『彷彿被人用厚重書籍的邊角重擊腦袋般的痛楚』，而變得一片漆黑，整個人突然昏厥過去了。

…………

「喂，葛倫。你沒事吧？」

啪、啪。

沉浮在黑暗泥濘中的意識被輕拍臉頰的觸感喚醒。

「嗚……」

葛倫睜開眼睛後，映入眼簾的是上下顛倒的瑟莉卡臉孔，以及後頭那一望無際的大片星空。

後腦勺感覺軟軟的。看來瑟莉卡似乎是讓葛倫枕著她大腿的樣子。

「這、這裡是……？」

葛倫坐直上半身，東張西望。

原來這裡是附屬圖書館正面入口前廣場。

「那兩個人告訴我了。你立下了一件大功哪，葛倫。是你成功把魯米亞同學找回來的吧？」

魯米亞和西絲蒂娜站在瑟莉卡的身後，忐忑不安地關心著葛倫的情況。

「真不愧是我的好徒弟，在我們忙著準備對付靈魂用的魔導儀裝時，你就深入圖書館解決事件了。了不起。」

「好了啦，不要摸了。」

瑟莉卡笑嘻嘻地摸了摸葛倫的頭，葛倫一臉排斥地撥開她的手。

「話雖如此，我對你最後表現得虎頭蛇尾還是有點意見，葛倫。按照她們兩個的說法，後來你被偶然從架子上掉下來的書本直擊腦門，一直昏迷到現在才醒。怎麼可以如此掉以輕心啊？」

「……是這樣子的嗎？」

葛倫看了站在瑟莉卡身後的魯米亞和西絲蒂娜。

「……啊，嗯……是這樣沒錯。」

「嗯、嗯，就是說啊！老師！誰、誰教你在奇怪的時候疏忽了！啊、啊哈哈哈……」

只見魯米亞尷尬似地掛起曖昧的笑容，西絲蒂娜則不知何故態度鬼鬼祟祟的。

「總之，你頭上腫了好大一個包，我已經幫你治療過了。沒有大礙。」

「原來發生了這種事……嘖，最後的最後我還是出包了哪……嗯？」

葛倫突然想到什麼，不停左顧右盼。

「對了……那本書跑去哪了？吶，魯米亞、白貓。妳們有看到剛才那本書嗎？就是我之前借來看的。」

「咦？……啊，那個……呃……這個嘛……我也不曉得。」

「好、好像是神不知鬼不覺間就消失了呢!?對啊，那本書到底跑哪裡去了!?好、好不可思議喔……」

只見魯米亞尷尬似地掛起曖昧的笑容，西絲蒂娜則不知何故態度鬼鬼祟祟的。

「……？算了。是說，書偶然從架子上掉下來砸到站在下面的人……好端端的書卻莫名其妙消失不見……嗎？這真的是偶然嗎？說不定圖書館的靈異現象還沒真正解決呢……」

看到兩人那不自然的反應，葛倫並未多做懷疑，只是站起來伸個懶腰，轉頭舒筋，然後抬頭仰望圖書館。

「真是，歷史悠久的圖書館果然是魔窟哪……我還是暫時先別來這裡借書好了……」

「說……說的也是……嗯，暫時先別來可能比較好……！圖書館真的是好可怕的地方喔～啊、啊哈哈……」

西絲蒂娜的乾笑在夜晚的學院輕聲迴盪。

題外話。

日後，學生們又開始煞有其事地流傳——不時可以在學院的附屬圖書館看見少年的幽靈開心地創作著小說的傳聞，目擊報告也有持續增加的趨勢……不過那又是另一段故事了。

魔術講師葛倫　無謀篇

Magic instructor Glenn and his story of recklessness

Memory records of bastard magic instructor

「唉……真傷腦筋啊……」

那天晚上。

阿爾扎諾帝國魔術學院的魔術講師，同時也是瑟莉卡家食客的葛倫，在他侵占來的房間裡唉聲嘆氣。

「照這程序東西確實是可以鍊得出來……也能學習到鍊金鍋的操作方式……問題是……」

葛倫垂頭看捧在手上的書本的文章。

「為什麼用這樣的方式可以鍊成東西？基本的邏輯完全不清不楚啊……」

今晚不知嘆了多少次氣的葛倫，把打開的書反過來蓋在一旁的小桌子上，自己則身體向後倒，仰躺在床。

「唉……真傷腦筋啊……」

葛倫一邊重複喃喃自語，一邊漠然地環視在安詳的燭光照射下，光線朦朧的室內空間。

葛倫房間的四面牆壁都是塞滿了魔術相關書籍的書架，完全沒有任何裝潢。

這房間原本是瑟莉卡的書房，不過葛倫小時候常窩在這個房間裡看書，不知不覺就侵占起來當作自己的房間使用。

當葛倫為了轉換心情而沉浸在往事的回憶裡時——

叩、叩、叩。

「喂，我要進來了，葛倫。」

響起幾下敲門聲後，不等葛倫的答覆，房門就自行打開了。

出現在門後的，是端著上面擺放了茶壺等茶具的木製托盤的瑟莉卡。

「我泡好了茶。你要喝吧？」

「……啊啊，喝一杯好了。」

妳敲門根本只是敲好玩的吧……葛倫把這句話吞回肚子裡，坦率地接受了瑟莉卡的好意。

反正敲門的事不管怎麼抗議也只是白費唇舌而已，他老早有這樣的體悟。

葛倫從床上抬起身子，默默往小桌子移動。

「呵呵，難得拿到耶庫爾產的特級茶葉。細細品嚐吧。」

「紅茶喝起來還不都一樣。」

「哼，不懂得享受美味的傢伙。」

話雖如此，瑟莉卡還是洋洋得意地把托盤放在小桌子上，動作俐落地準備紅茶。

瑟莉卡隔著濾網，將清澈的深紅色液體交互注入事先加熱過的兩只茶杯裡。只見杯口微微冒出熱氣，有一股確實與眾不同的幽香在四周瀰漫，竄入鼻腔。

「喝吧。」

瑟莉卡從砂糖壺舀起一匙砂糖倒入杯中輕輕攪拌，然後將那茶杯端給葛倫。

（真的好好喝……這是什麼啊。）

才剛喝下一口，便有一股筆墨難以形容的濃郁香氣和溫潤滋味，優雅地從口鼻通過。

即使是對茶毫無研究的外行人，也喝得出來這絕非一般等級的茶葉。

「唔……」

葛倫不甘心似地沉默不語。

瑟莉卡心滿意足似地帶著勝利的表情觀察著葛倫的反應。她一邊品味著高雅的茶香，一邊儀態優雅地飲用紅茶……

「哎呀？」

無意間，她注意到有一本書被打開後反過來蓋在小桌子的一角。

瑟莉卡用空出來的那隻手隨手將那本書撈起來，瀏覽被打開放著的那一頁。

「咦？這是學院的鍊金術實驗教科書嗎？」

「……嗯？是啊。明天我執教的班級預計要上鍊金術的實驗。」

「原來如此。你剛才在準備上課的內容嗎？沒想到你也慢慢有講師的樣子了嘛。」

「吵死了，不用妳管。」

葛倫鬧彆扭似地將紅茶一飲而盡，瑟莉卡則面露竊笑，瀏覽著文章。

「噢，真令人懷念……赤魔晶石的鍊成嗎？最近的學生學的東西還挺不簡單的嘛……」

一邊喝紅茶，一邊轉動眼珠閱讀文字的瑟莉卡突然停住不動。

「……什麼？從魔礦石直接進行變換精鍊嗎？啊，原來如此……透過鍊金鍋嗎？用這個方法的話確實簡單多了。這就是時下的趨勢啊……時代也在轉變哪。」

瑟莉卡置之一笑後，把書本倒蓋回桌上。

「對我來說，要鍊成赤魔晶石就是要用分解再結晶法啦……雖然分解再結晶法是傳統的鍊金技法，現在已經沒有人願意用這種方式了……」

「分解再結晶法……嗎？」

聽瑟莉卡說完後，葛倫低聲嘟囔。

「噢？葛倫。你還記得嗎？分解再結晶法。」

「……那當然啊。以前跟妳學魔術的時候我練習過很多次耶。」

「確實是有這麼一回事。話說，這倒是教我想起你第一次用分解再結晶法鍊出赤魔晶石的時候，你那又驚又喜的模樣呢……噗呼呼……」

「快、快忘掉啦，笨蛋！」

看到瑟莉卡意有所指地笑著，葛倫漲紅了臉咒罵。

（不過……分解再結晶法嗎？）

聽到瑟莉卡提起，葛倫才察覺到了。

如果使用這個方法的話，就可以用清楚的脈絡理解物品鍊成的邏輯和程序。

鍊金術是一門控制元素與物質的學問。重點在於——如何變換構成這世界所有元素與物質的，『根源素』的配置。

變換根源素配置的流程就叫『鍊成式』，一般可以用符號來表記；如果使用分解再結晶法的話，就可以從頭到尾一個步驟一個步驟，循序漸進地認識那個『鍊成式』。

只要把所需的材料一股腦兒地塞進鍊金鍋，然後按照一定的程序唱咒，並且依公式化的方式操作鍊金鍋，如此一來即可鍊成物品……若使用這種近代流行的手法，想要對原理有透徹的理解是不可能的。

（不過，即使要在課堂上做分解再結晶法……促進結合觸媒要從哪裡弄到手？）

要使用分解再結晶法，絕對不能沒有名叫促進結合觸媒的魔術藥劑。問題是使用鍊金鍋這種便利的魔導器已成了目前鍊金術的主流，市面上早就沒有人在販賣促進結合觸媒了，而且因為保存不易的關係，連瑟莉卡也沒擁有那種藥劑。想要使用這種觸媒，只能靠自己調配。

（可是調配這個觸媒不僅麻煩還很花時間……更得一口氣準備所有學生使用的劑量……現在才開始著手調配的話，肯定整晚都不用睡了。）

葛倫定睛注視掛在房間角落的掛鐘，板著一張苦瓜臉嘆氣。

一直都在注意葛倫一舉一動的瑟莉卡，把杯子裡的紅茶一飲而盡後喃喃說道：

「啊，對了。我今晚好像不小心忘記替地下魔術工房的門上鎖了……最近也都沒在清查藥劑的庫存，就算有哪些東西少了一點我大概也查不出來吧。」

「……妳說這些有什麼含意？」

「沒有啊？」

瑟莉卡無視葛倫那帶刺的眼神，事不關己般起身離席。

「好，茶也喝完了。差不多該上床就寢了。」

瑟莉卡手腳勤快地收拾好整套茶具。

「你也早點睡覺吧？畢竟熬夜可是健康的大敵呢……嘻嘻。」

「………………」

沒有多加理會沉默不語的葛倫，瑟莉卡裝模作樣地擺出一副盡在不言中的表情，迅速離開了房間。

葛倫的房間瞬間被寂靜籠罩。

葛倫心不在焉地望著被反過來蓋住的書本。

——不久。

「哼，少蠢了。」

葛倫發出一聲悶哼後，倒向床鋪。

「為了調配觸媒整晚不睡覺？我為什麼要為了那群傢伙付出那麼大的犧牲啊……」

葛倫碎碎念發著牢騷，雙手交叉枕在腦後，並且擺出蹺腳的姿勢。

「小鬼頭用鍊金鍋就夠了！我要睡覺了！晚安！」

於是——

葛倫閉上了眼睛。

「…………………」

……翌日。

在魔術學院的鍊金術實驗室，站在講台上的葛倫高聲宣布。

「今天的鍊金術實驗不用鍊金鍋了！用傳統的分解再結晶法進行！」

「「「咦咦咦────!?」」」

葛倫出奇不意的宣布讓全班陷入騷動。

「他又突然提出異想天開的點子了……」

看到葛倫又開始搞怪，西絲蒂娜露出百般無奈的表情按壓住太陽穴。

「我已經懶得吐槽老師心血來潮想幹嘛就幹嘛了，可是你會不會忘記了什麼？我記得要透過分解再結晶法鍊成赤魔晶石的話，不能沒有促進結合觸媒，我們才沒時間在課堂上調配那種東──」

這時──

葛倫「碰！」的一聲把金屬箱子大力放在講台上。

「用不著擔心，我早就設想到了。所有人的觸媒已經都準備好放在這裡了。」

「咦!?那、那些觸媒是怎麼來的……？」

「哼！其實我有一個朋友，他很熟悉怎麼調配這一類的藥劑！為了趕在這堂課使用，我之前就拜託他先幫忙做好了！嚴格說來，這都要歸功於我平常做人成功吧……」

葛倫自鳴得意似地說道，可是他的臉上不知怎地掛著濃濃的黑眼圈，神情憔悴，站也站不穩。

「總之。今天的鍊金術實驗就決定以分解再結晶法來鍊成赤魔晶石。有人敢不從的話就休想拿到學分。」

「也太獨裁了吧……」

「別生氣啦，西絲蒂。老師會這麼做一定有他的理由的。」

見葛倫一如既往地做出破天荒的決定，西絲蒂娜一臉傻眼地嘆氣，魯米亞則在一旁安撫她的情緒。

班上原本一陣騷動，可是也慢慢開始瀰漫起一股「導師都這麼堅持了那也沒辦法」的氣氛，就在這個時候——

「我、我堅決反對！」

有名學生顫抖著身子站起來提出異議。她就是葛倫班上的學生之一，雙馬尾少女溫蒂。

「分解再結晶法這種傳統技術，非魔術師的一般人也能使用，這絕對不是目標成為真正魔術師的我們應該學習的東西！」

「妳是因為自己笨手笨腳，所以才討厭得親自操作器具和藥劑的實驗法而已吧？」

「你不要講話！基伯爾！」

眼鏡少年基伯爾立刻見縫插針挖苦道，溫蒂厲聲阻止他繼續說下去。

「總、總而言之，我希望老師改教我們搭配鍊金鍋的咒文操控鍊成法！這套方法才是適合真正魔術師的華麗鍊成法呀！」

「唔姆，真正的魔術師……啊。」

葛倫一如被溫蒂的發言打動般點了點頭。

「好吧，我明白了。既然妳都說到這個份上了，那我們就改用鍊金鍋吧。」

見葛倫乾脆地放棄了原先的決定，班上又掀起一波騷動。

「——只不過！現在我們要鍊成的東西改成紫炎晶石，不是赤魔晶石了。」

「……咦？」

溫蒂的表情立刻僵住。

「從赤魔晶石……改成紫炎晶石……？那、那怎麼可能！我們還沒學鍊成紫炎晶石的方法，要怎麼操作鍊金鍋才能鍊成那種東西，我們也還沒調查！突然就要我們鍊成紫炎晶石，我們怎麼可能辦得——」

葛倫突然拿起粉筆喀喀作響地在黑板上書寫。

沒多久，黑板上出現了兩條由各式各樣的記號和數字組合而成的公式。

「上面是赤魔晶石，下面是紫炎晶石的配置構造式。你們看，赤魔晶石和紫炎晶石的構造幾乎大同小異，差別只在火素和水素的數值有些微差異而已。明明兩個東西這麼相像，可是妳卻不知道紫炎晶石要怎麼做嗎？嗯？溫蒂同學？」

「那、那個……」

「一個魔術師如果對配置構造式和鍊成式有正確理解，不管什麼東西幾乎都能隨心所欲地透過鍊金鍋鍊成。可是，如果一個魔術師曉得怎麼鍊出赤魔晶石，卻不清楚如何鍊出紫炎晶石，這證明他沒有真正搞懂根源素配置變換的鍊成式。對妳來說，這種只懂表面皮毛，只會鍊特定物質的魔術師，就叫真正的魔術師嗎？」

「嗚嗚……」

葛倫的說詞完全不留反駁的餘地，啞口無言的溫蒂懊惱地垂低了脖子。

「現在你們都明白我的理由了吧，今天就是要用分解再結晶法。想要理解鍊成式，沒有比這個古板複雜又麻煩的技術更好的方法了。」

葛倫咧嘴一笑，穿過學生座位間的通道，走向設置在實驗室角落的素材倉庫。

「你們就當作被我騙了，實際做一次看看吧。我想你們一定會感到十分驚訝的。畢竟透過這個方法製造出來的赤魔晶石跟天然物不一樣——」

來到素材倉庫前面的葛倫打開兩片門板後——整個人呆住了。

「…………」

要透過分解再結晶法製造赤魔晶石，必須使用名叫輝石的水晶質礦石做為主要材料，但是……

「輝石……居然用完了……」

葛倫的臉頰頻頻抽搐，不僅滿頭大汗臉色還很蒼白。

「嗚哇，輝石全都用光光了呢……」

看葛倫沉默不語地站在倉庫前面發愣，感到好奇的西絲蒂娜從他的背後探頭，查看倉庫裡面的情況。

「嗄啊啊啊啊啊啊啊啊!?該死的東西！輝石不是鍊金術最基礎的素材之一嗎！像這種消耗品拜託記得隨時補貨好嗎!?」

「那個……老師。現在怎麼辦？」

魯米亞上前表示關心，可是葛倫汗如雨下，不做任何回答。

「哎呀哎呀，這下傷腦筋了呢，老師。」

溫蒂一如自己是贏家般洋洋得意地挖苦葛倫。

「既然輝石用完了，那也沒辦法囉。現在還是老老實實照當初的預定，用鍊金鍋從魔礦石開始鍊起……」

「……自修。」

「咦？」

葛倫轉身面向學生，兩眼發直地做出宣布。

「你們先自修一個小時的時間！」

「那、那是什麼意思……」

西絲蒂娜提出疑問，但——

「混帳東西——！都走到這一步了休想我會打退堂鼓啊啊啊啊——！」

葛倫連理都沒理她，氣勢驚人地一腳踹開實驗室的門，然後以令人訝異的速度一溜煙地從走廊跑走了……

葛倫透過身體能力的強化魔術・白魔【體能爆發】，把體能強化到肉體瀕臨自我崩壞的程度。

「喔喔喔喔喔喔喔喔喔——！」

只見葛倫鬼吼鬼叫地衝出魔術學院，像一陣狂風般掃過菲傑德的街區，一路衝撞路人往商業區狂奔。

「把輝石交出來！」

最後葛倫衝進一間陳列了各種詭異魔術素材的魔術材料店，大聲嚷嚷道。

「咿!?有強盜啊!?」

看到葛倫那惡鬼般的可怕模樣，老闆忍不住尖叫，音量大到嗓子都喊破了。

「廢話少說快把輝石交出來！」

「我、我奉上就是了！我會雙手奉上的，請、請饒我一命啊～～!?」

「喂！別說得那麼難聽！我是要出錢跟你買！」

「咦!?」

「多少錢!?你開價我就買！我在趕時間！動作不快一點觸媒就不能用了啦！」

店主驚魂未定地開口回答：

「呃、呃。依現在的行情，輝石的售價是18里爾又5克列司——」

「噗——————!?」

18里爾又5克列司，指的是十八枚里爾金幣外加五枚克列司銀幣的意思。

「少蠢了——————!?為什麼輝石會賣得那麼貴啊!?簡直和我一個月的薪水一樣多!?」

「您跟我抱怨也沒用，如今輝石的行情就是水漲船高啊，而且……現在輝石是以一桶為單位在販售……」

「……咦?桶?」

「你看那個。那就是輝石桶。裡面裝有輝石。」

老闆指的地方擺放了一個大桶子，高度差不多跟葛倫一樣高。

「你是混蛋嗎!?我怎麼會需要那麼多的輝石!?以重量來說我頂多只需要五奇洛司——差不多裝滿一個小桶子的量就夠了!你就不能用零售的方式賣給我嗎!?」

「不……我們這邊沒有在零售的……基本上本店不做散客的生意……」

「嗚~別鬧了，那麼大量的輝石你教我拿去用在什麼地方啊!」

「啊，您可以去南區的商店街，那邊有零售的店家……」

「你以為來來回回要花多少時間啊……我現在的時間就已經不夠用了……」

葛倫抱頭猛抓頭皮，一會兒後……

「好啦，可惡!我買就是了!給我一桶!」

葛倫一如豁出去般把皮製的錢包砸在櫃台上。

「啊，好的，謝謝您的購買！」

「好，決定了！這個月我就靠吃犀洛特的樹枝過活！昨天才剛發薪耶根本是要我的命嘛，該死的東西——!?」

然後，魔術用品的交易手續和結帳就占去了十五分鐘的時間。

「快點、快點、快點～～！」

「請不要那麼著急……魔術用品的交易受限於魔導法的規範，手續非常複雜的……」

好不容易交易手續終於搞定了。

葛倫心浮氣躁地把空空如也的皮包塞回口袋，一肩扛起那個大桶子。

「咦!?您該不會打算直接扛回去吧!?」

「你猜中了！」

「沒有推車或載貨馬車嗎……」

「我沒那種鬼東西！嗚、喔喔喔喔，重死了……即使靠魔術強化了體能，重的東西還是很重……!?」

「您、您小心一點……」

葛倫丟下被嚇得退避三舍的老闆，踩著搖搖晃晃的步伐吃力地往外頭移動。

這時──

「就是這裡嗎！剛才附近有人報案，說有強盜進店內行搶！」

「聽說店主還發出慘叫──」

有數名菲傑德的警官匆匆忙忙地出現在葛倫的面前。

「嘎……」

葛倫頓時面無血色。

「快、快看！那傢伙揹著店內的商品準備離開，他一定就是強盜！」

「該死的強盜！你休想在菲傑德這個地方為非作歹！」

「啊，不，你們搞錯了……這東西是我付錢買下來的……」

「不要說謊了！我們接獲報案，有強盜搶劫這家商店！」

「這世上有哪個笨蛋會沒事先準備推車或載貨馬車就跑來買那麼多東西的！」

「這附近的居民都有聽見老闆求饒的慘叫聲！」

「回我們的駐所再聽你解釋！過來乖乖讓我們用繩子綁住──」

「誰要跟你們走啊啊啊啊啊啊啊啊啊啊啊啊啊啊──!?」

葛倫扛著大桶子拔腿狂奔。

「啊!?強盜逃走了!?」

「追！快追追追追追！」

「已經快沒有時間了！我沒空跟你們鬧了啦！」

葛倫魔力完全釋放，進一步強化體能。不計後果強化能力的葛倫，也開始感覺到身體發出吃不消的警訊，不過還是加快速度趕回魔術學院。

「啊啊啊啊！為什麼我得遭遇這種事啊!?我好想回去當沒有工作的米蟲啊啊啊——！」

悽涼的哀號響徹了菲傑德。

「呼、呼、哈、哈……總而言、之……哈、哈、咳咳咳!?」

台下的學生個個面露複雜的表情，注視著一回來就站上講台的葛倫。

「呼、呼、每個人都分到輝石和觸媒了嗎……？哈、哈、都分到了嗎……？呼、呼……東西都拿到的話就開始作業吧！首先照我教的，盡量把輝石敲成小碎塊，然後用研缽磨碎……」

「那個，我可以問一個問題嗎？老師。」

西絲蒂娜膽戰心驚地舉高了手。

「呼、呼……什麼問題啦？」

「呃……你還好吧？」

西絲蒂娜把視線投往其他方向。

有個散發出不尋常魄力的巨無霸桶子，就坐鎮在她所注視的地方。

「妳想問的是……哈、哈、我的體力撐不撐得下去？還是……呼、呼、我的皮包的……失血情況？」

「呃……兩者吧？」

「當然是兩者都快不行了啊!?」

「我想也是～」

西絲蒂娜莫可奈何似地對含淚哭喊的葛倫嘆息。

「可惡……我好不容易才又回到像樣的人類生活……從明天開始午餐又得吃犀洛特的樹枝果腹了……」

魯米亞在一旁安慰哭哭啼啼的葛倫。

溫蒂冷冷地看著那樣的葛倫，嗤之以鼻地說道：

「……哼，真教人傻眼。為了強迫我們接受那套古板的方式，居然不惜自掏腰包……」

接著她低頭看了自己的實驗台。

「還是說，有什麼東西是他不惜花大錢也希望我們學起來的嗎？……真拿他沒辦法。」

實驗台上擺放了兩塊輝石碎片和用藥包紙包起來的一匙份觸媒，以及今天實驗會用到的各種玻璃器材和小型火爐等鍊金術基本實驗道具組合。唯獨少了鍊金鍋。

「唉……我明明為了要在今天華麗地戰勝西絲蒂娜，努力練習了鍊金鍋的操作，看來我下的那些工夫都要白費了……」

於是，溫蒂一邊嘀嘀咕咕地吐苦水，一邊拿起輝石和道具，開始進行鍊金作業。

在葛倫的指導下，學生們的實驗進行得非常順利。

將輝石敲碎，倒入特殊的魔術溶液使其溶解，接著裝在玻璃燒瓶裡面。利用火爐加熱過後，再以冰囊進行冷卻並加入各類試劑，然後反覆過濾除去雜質，同時操作構造配置……

「好～大家注意看我這裡。有看到我滴了一滴紅寶石素液到燒瓶裡面吧？顏色應該很快就會變化成紅色了。」

趁著作業的空檔，葛倫拿起粉筆在擺設於鍊金術實驗室前面的黑板寫東西。

「換言之，這邊因為剛才產生的反應變成這樣……這個部分的靈素消除了兩個……土素和氣素取而代之照這個順序排入——於是——」

在密密麻麻地寫滿了數字和符號以及術式的黑板上，葛倫畫出一道箭頭寫下一串新的符號，接著在某個符號上面劃線表示刪除，再另外寫上其他符號，然後將演算結果書寫在下一行。

「剛才發生的配置變換就像這樣。你們注意看這個構造配置式的部分，證據就在這裡。這個根源素的排列你們應該都很眼熟吧？沒錯，就是紅寶石的構造配置排列。所以才會變成紅色。」

「原來如此……」

學生們佩服地仔細傾聽葛倫的解說。

他們似乎終於後知後覺地發現，葛倫現在所解說的這一套基礎性配置變換的理論，用鍊金鍋那種高速鍊成方式確實是無法說明清楚的。

「不過這個配置和赤魔晶石的配置還差很多對吧？所以為了讓它和赤魔晶石的根源素配置變得更相近，我們要加入微量的紅鉛礦。附帶一提，用天秤測量紅鉛礦的份量時，一定要非常仔細喔。只要稍微弄錯份量，可就整個前功盡棄了。」

說完，葛倫開始四處巡視每個學生的實驗操作情況。

「好有趣喔，西絲蒂。」

魯米亞趁著用天秤為素材秤重的空檔，向一旁的西絲蒂娜攀談。

「雖然有很多困難的步驟，可是自己動手做赤魔晶石的感覺很充實呢。」

「嗯……對啊。」

西絲蒂娜用鑷子小心翼翼地把砝碼夾放到天秤其中一邊的盤子上，等顯示平衡度的指針穩定下來。

「雖然這個溶液是怎麼轉變成那種結晶體的，讓人覺得很好奇……不過我也贊成魯米亞的看法。」

確認左右擺動的指針穩定下來後，西絲蒂娜吁了一口氣。

「而且鍊成的邏輯十分清楚明瞭。所以現在我知道只要把在第三道步驟加入的純水素晶的粉末拿掉，就可以鍊成紫炎魔晶了。」

「就是說啊。嗯，老師果然有一套。」

「……嗯。」

西絲蒂娜曖昧地隨口答腔，視線一直追著四處走來走去巡視學生實驗狀況的葛倫。

葛倫的教學品質本來就非常優秀。

雖然他剛到魔術學院擔任講師的時候，由於某些因素導致他的教學態度極其敷衍，不過現在已經改善了許多，他的教學把重點放在理論與實踐，品質極高，在學校向來評價不錯。

然而，一上任就表態自己討厭魔術的他，至今還是不改對魔術的觀感，常常上課上到一半就會做侮蔑魔術的發言，這也算葛倫的老毛病了。

儘管他有這樣的習慣……可是今天做魔術實驗的時候，他卻完全沒有發作。

現在的葛倫相當嚴肅正經。

他臉上掛著濃濃的黑眼圈，臉色憔悴，身體看似不舒服走起路來搖搖晃晃，不過他卻絲毫不引以為意的樣子。

追根究柢，主要材料輝石他都甘願自掏腰包購買了，觸媒卻宣稱是請老朋友幫忙做的，怎麼想都覺得奇怪。從他那副明顯睡眠不足的模樣看來，那些觸媒很可能是他熬夜自己趕出來的吧？

（能讓討厭魔術的老師甘願付出這麼多的理由，到底是什麼……？）

看到葛倫那判若兩人的表現，西絲蒂娜深感好奇，一臉不可置信的模樣。

「好，大家的進度都差不多了吧。接下來開始進行把瑪那加入配置系中的作業。」

「嗚哇～終於來了～」

「我超怕這個步驟的～」

學生們看著放在實驗台上的小型金屬針筒和金屬製的筒狀過濾器，鬧哄哄地一陣騷動。

「怎麼做你們應該也都很清楚了，不過我再幫你們複習一次。首先用聖水清洗針筒，再拿針筒抽出一點自己的血。然後把針筒插入過濾器，將血液注入過濾器之中。如此一來富含生體瑪那的透明血清水就會滴落在下面的盤子……這些步驟照理說你們都很熟了啦。」

學生們個個苦著一張臉，這些東西事到如今不用葛倫說明，他們也都一清二楚。對魔術師而言，把自己的血用在魔術上是十分稀鬆平常的事情，不過即使經驗再豐富，也沒人喜歡打針和自殘的行為。

「再來只要把完成精製的血清水慢慢倒進剛才做好的溶液裡面，就大功告成了。這時鍊成式方面會發生什麼情況，等一下我會跟你們說明。好，開始動工——」

當葛倫準備向學生們做出動工的指示時——

「我不要。」

有學生堅決地表現出抗拒的態度。

那個人正是溫蒂。

「我不要進行這樣的作業。」

「啥……？」

「憑什麼一定要我做出那種傷害我高貴無暇肌膚的事情來？」

見溫蒂突然提出這種意見，西絲蒂娜再也看不下去了，跳出來向她抗議。

「等等，溫蒂……都到這個時候了，妳還說這些做什麼？抽血這種作業我們以前就做過好幾次了吧？為什麼偏偏今天才……」

「她在鬧彆扭啊。」

面露冷笑的基伯爾回答了西絲蒂娜的疑問。

「妳想想看嘛？她這人就是笨手笨腳的吧？這次的實驗突然變更為絕大部分都需要自行手動操作的方式，所以她的實驗進度是全班最落後的。」

「你閉嘴，基伯爾！」

或許是覺得丟臉或暴怒的關係，溫蒂漲紅了臉，連珠炮似地發洩心中的不滿：

「反、反正我堅決反對這項作業！我還沒嫁出去，要是在重要的身體留下疤痕，你說誰要負責!?我、我絕對不是因為自己的進度比別人慢，所以才惱羞成怒故意跟人唱反調！」

溫蒂咬牙切齒，眼眶泛紅。

「唉……」

葛倫無奈地嘆了口氣。

溫蒂的綜合成績僅次西絲蒂娜和基伯爾，在班上排名第三。她出身自歷史悠久有權有勢的貴族，自尊心很高，在實驗作業遭遇到的挫折一定讓她覺得很不甘心吧。

「真是，拿妳沒辦法。好啦，不然妳用我的血吧。」

葛倫的回答吸引了全班學生的目光。

依照葛倫的個性，他會說出「那妳不想做也沒關係，隨便妳」這種話也不奇怪。來者不拒去者不留，這是葛倫的基本處事態度。

因此，他會這麼表示，完全跌破眾人的眼鏡。

看來葛倫似乎非常希望學生可以完成這場實驗的樣子。

「如果還有哪裡覺得困難的地方，我都可以幫忙，所以別說那種洩氣話。只剩一點就要完成了。再試著努力一下好嗎？」

「啊、嗚……既、既然如此的話……那就……」

溫蒂尷尬似地把頭撇向一旁，視線飄忽不定。

葛倫沒繼續搭理忸忸怩怩的溫蒂，熟稔地用繩子纏緊左邊的上手臂，用針筒從左手腕抽血。

（嗚……大概是睡眠不足加上疲勞和輕微的瑪那缺乏症的關係，只不過稍微抽點血而已，身體就很不舒服……）

葛倫忍住有些暈眩的感覺，把抽了血的針筒遞給溫蒂。

「拿去吧。」

「……這個真的可以用在實驗上沒問題嗎？老師的血給人感覺髒髒的……」

「妳到底把我當什麼東西！我可以哭嗎!?我要哭了喔!?」

「……開玩笑的。」

溫蒂接過抽了血的針筒後彆扭地把頭撇向一旁。

「那個……老師……」

「嗯？」

葛倫轉頭望向那道聲音，只見馬尾少女琳恩一臉歉然地站在那裡。

「那個……不好意思……老師也能代替我抽血嗎……？」

仔細一瞧，琳恩她戴著口罩，三不五時在咳嗽，看起來好像很難受。應該是感冒生病了。

既然如此也沒有辦法。不能讓生病身體不舒服的學生在課堂上抽血——這是學院的規定。

「好啊。交給我吧。」

為了讓惶恐不安的琳恩放心，葛倫面露笑容接過針筒。

然後像剛才一樣再一次抽血……

（……嗚……喔……）

葛倫又感到一陣頭暈目眩。

即使如此，他依然故作平靜，把抽了血的針筒交還給琳恩。

「拿去吧。」

「謝……謝謝老師！」

男生們看了兩人的互動後面面相覷，然後他們臉上掛著不懷好意的笑容向葛倫提出要求。

「啊！老師！拜、拜託也抽血給我！」

「其實我也感冒了……咳咳咳……」

「喂，你們太奸詐了吧!?其、其實我今天也身體不舒服——」

「啊咧～？好奇怪喔？怎麼我也突然發燒了——」

葛倫定睛注視著那些吵吵鬧鬧開始瞎起鬨的男學生。

「喂，你們別鬧了！不要得寸進尺了！」

西絲蒂娜再也無法忍氣吞聲，站起來制止他們。

「不要故意找老師麻煩！自己的實驗自己做好！你們不是魔術師嗎!?」

「好啦～對不起！我們自己做——」

就在這時——

「……可以啊？」

葛倫喃喃地表示同意後，全班都安靜了下來。

「既然感冒了也沒辦法……我……抽血給你們就是了……所以你們一定要努力完成實驗……好嗎？」

葛倫面露開朗的笑容如此說道，可是他的眼睛看起來好像已經對不準焦點了一樣。

「咦？沒有啦，老師。我們只是隨便開個玩笑……」

「來，針筒交給我吧。」

「……嗚。」

葛倫的表情雖然詳和，可是卻散發出一股不可思議的威壓感，男學生們只得畏畏縮縮地交出針筒。

噗，咻。

「好，下一個。」

「那、那個，老師……我還是自己來就好了……」

「哈哈哈，不可以強迫自己啦。放心，交給我就對了。來吧。」

「……嗚。」

噗，咻。

「好，下一個。」

「等、等一下，老師!?你連續抽那麼多血身體承受得住嗎!?」

西絲蒂娜趕緊出面阻止，然而……

「放心吧，沒問題的。我反而有種身體變輕鬆了的感覺呢……」

葛倫卻回以爽朗的笑容。

看到葛倫那不甚尋常的樣子，西絲蒂娜的內心感到一抹不安……

「好了，換下一個……」

噗，咻。

「好，再來……」

噗，咻。

「下一個……」

…………

「欸欸，瑟莉卡！還沒好嗎？還沒嗎？」

「哈哈哈，冷靜點，葛倫。這種時候耐心等待可是很重要的。」

葛倫猛然回過神，發現自己在黃褐色的畫面中，跟瑟莉卡一起做著鍊金術的實驗。

雖然視野高度好像一口氣降低了許多，可是不知何故不會有不對勁的感覺。

「好，最後透過那個玻璃管滴入氫氧化鈉溶液，中和系中吧……一、二、三。嗯，應該可以了。打開來瞧瞧吧。」

葛倫迫不及待似地打開金屬盒的蓋子，取出放在盒子裡面的玻璃圓筒。

「唔哇……」

看到內容物的瞬間，葛倫睜大雙眼，表情充滿了驚喜。

「這就是赤魔晶石……？」

「沒錯。了不起吧？」

「嗯！我從來沒看過這種赤魔晶石呢！因為——」

「老師～～!?振作一點啊老師～～!?」

「……嗯？」

隨著有人搖動身體的感覺，黃褐色的畫面突然破滅，葛倫的意識重回到現實世界。

「咦？這裡是……？」

葛倫左顧右盼，發現這裡是魔術學院的鍊金術實驗室。而且自己呈大字狀躺在地板上。

除了蹲在地上搖晃葛倫身體的西絲蒂娜，還有把自己的大腿當枕頭借給葛倫靠的魯米亞以外，其他學生也放心不下似地圍在葛倫四周觀察他的臉色。

「太好了，老師……你終於醒了……你突然就昏倒了……」

魯米亞鬆了一口氣。

「咦？剛才發生什麼事？我記得……好像赤魔晶石剛鍊成的樣子……」

「還沒鍊出來啦！還早得很呢！你睡迷糊了喔！」

葛倫一如要把西絲蒂娜的刺耳叫聲逐出腦海般拚命搖頭，然後坐直身體從地上爬起。

「真受不了你！身體不舒服還接連抽那麼多血！要是出了什麼意外那該怎麼辦!?」

「老師，雖然效果聊勝於無，不過我幫你打增血劑了。你現在感覺如何？」

魯米亞擔心地詢問道。

「嗯。我還好。大概是一口氣抽太多血才導致意識朦朧吧。不過我已經沒事了。感覺很輕鬆。」

「……太好了。麻煩老師不要再這樣逞強了好嗎？」

另一方面，西絲蒂娜的態度還是一樣怒沖沖的。

「真是的！別嚇人了好不好！老師肯拚了命為我們做這麼多，我也心懷感激，可是請不要讓我們為你操心！」

「抱歉。」

「老師你真的已經沒事了嗎？我看你今天一開始身體狀況就不是很好，不舒服的話還是暫停實驗，去醫務室休息……」

「我真的沒事了。好，我們回到實驗吧。」

看到葛倫恢復正常，鬆了口氣的學生紛紛回到自己的位子。

然而——

「話說回來，白貓……」

「什麼事？」

「老是給妳添麻煩，對不起……」

「……什麼？」

「而且，妳一直都是可愛又優秀的學生哪。怎麼會有這麼無可挑剔的完美女孩，能教到妳這種學生真的是我一生的幸福……」

「「「嗚哇！不行，老師果然神智不清了——!?」」」

全班再次吵鬧得天翻地覆。

「那、那是什麼意思呀!?」

西絲蒂娜的吼叫聲和背景的喧鬧，就像在合奏一樣。

後來大家順從執意堅持實驗要繼續下去的葛倫，穩當地進行著實驗。

經過了幾個步驟，透過虹吸式的玻璃器具蒸餾前面所調製好的溶液後，將清澈的深紅色蒸餾溶液倒進玻璃圓筒容器，然後將那容器收放在金屬盒子裡面。

「……赤魔晶石的構造配置就是透過以上的步驟完成的。如果之前的部分你們都有搞懂的話，基本上應該都能隨心所欲地透過鍊金鍋，來製造其他第七火素系列的晶石了才是。」

實驗告一段落後學生們鬆了一口氣，葛倫接著向他們進行說明。

「言歸正傳，等一下會發生不可逆的結晶化現象……簡單地說，我們只要等『結晶發育完整』就好。」

葛倫喀喀作響地在黑板上寫下重點後，轉身面向學生。

由於實驗就快結束，感覺得出所有學生都開始放鬆精神。

「慢著，你們可別掉以輕心了。在結晶發育完整前鍊金術都還不算完成。劇烈的溫度、溼度變化，以及衝擊和震動，都是此階段的大敵。所以請保持安靜，切勿搖晃到桌子──」

就在這時──

「葛倫・雷達斯你這傢伙啊啊啊啊啊啊啊啊啊啊啊啊啊啊──！」

實驗室的門忽然「磅！」地隨著巨大聲響大力打開，學院的魔術講師哈雷從門外現身。猛然開門的衝擊導致實驗室輕微地晃動了起來。

「闖進我的藥草菜園把藥草通通踩死的傢伙，就是你嗎──！我都聽說了，你曾扛著一個奇怪的大桶子在我的菜園亂跑對吧！這次我絕對饒不了你！我要跟你決鬥──」

「我說過這時候切忌震動了吧！你這個動不動就跑來找碴的混帳啊啊啊啊啊啊啊啊啊啊啊啊啊──!?」

只見葛倫像餓虎撲羊一樣衝向哈雷，把黑板擦塞進哈雷的嘴巴。

「吼哇啊啊啊啊啊啊啊啊——!?」

葛倫對一路滾倒實驗室外面的哈雷視若無睹，匆匆忙忙地輪流開關所有學生的金屬盒子進行檢查。

「有、有沒有怎樣!?剛才的衝擊有導致結晶化劇烈加速嗎!?應該還好吧!?呼……幸好沒事。」

大致巡視了一下後，葛倫這才放下心來。

學生們都被他的反應給嚇到呆住了。

「老師他……果然精神太耗弱了，所以才……」

「好像是耶……」

魯米亞臉上掛起曖昧的笑容，西絲蒂娜只能嘆氣。

「你、你這傢伙……你想殺了我嗎？葛倫・雷達斯……!?」

哈雷拔掉塞在嘴巴裡的黑板擦，怒不可遏似地逼近葛倫。

「咦？哈……什麼來著的前輩？你怎麼會在這裡？」

「你這混帳還是一樣挑釁得很自然嘛……」

哈雷氣到太陽穴爆筋，揪著葛倫的胸口往上扯。

「我都聽說了！把我的藥草菜園踩爛的兇手就是你吧！說啊你要怎麼賠償我！」

「不會吧……那裡是前輩的菜園嗎……抱歉，我在趕時間沒注意……」

連葛倫也覺得很過意不去似地低頭賠罪。

「之後我會負起責任把菜園重新整修好，所以……前輩能大人不記小人過嗎？」

「不，我不想原諒你！你根本打從心底看不起我！」

「沒有啦，我並沒有…………看不起你啊？」

「你『停頓』那麼久是什麼意思!?」

「其實我一直都滿尊敬哈棒猛男前輩你這名先進講師的喔！」

葛倫露出一副看似好青年般的模樣爽朗地說道。

「你這傢伙，我的名字你這次也搞錯得太過低俗離譜了吧……！」

相較之下哈雷漲得滿臉通紅，已經忍不住快爆發了。看來他似乎不想再忍氣吞聲下去，只見他拔下手套砸向葛倫。

「把那只手套撿起來！我用要魔術決鬥跟你做個了斷！」

「……好吧。如果這麼做前輩能氣消的話……」

環繞在葛倫和哈雷四周靜觀其變的學生們，個個緊張得口乾舌燥，正當他在眾目睽睽之下打算撿起手套的時候——

「啊啊啊啊啊啊啊啊啊啊——!?」

葛倫突然有了意外發現，只見他一腳踩扁地上的手套衝向了窗邊。

附帶一提，對提出決鬥的魔術師而言，手套被踐踏乃是一種最為嚴重的侮辱行為。

「○×△□○×△□～～!?」

哈雷氣到連話都說不清楚了。

（……這也太慘了吧。）

此時學生們的心中同步達成了共識。

葛倫把學生和哈雷完全拋到腦後，整個人貼在格子窗上，一如世界末日降臨般大吼：

「雨！居然下雨了!?可惡！現在碰到劇烈的溫度變化會很慘啊——這樣不行！」

葛倫拿起擺放在一旁實驗台上的小刀，輕輕劃開手指使其流血，然後滴在房間角落。

「在房間的四個角落都使用黑魔【空氣調節】附魔，藉此形成結界防止室內的溼度變化！可惡，來得及嗎!?」

葛倫以飛快的速度在房間角落書寫魔術式。

「葛、葛、葛倫‧雷達斯……你、你你、你這……」

哈雷顫抖著抓住葛倫的肩膀。

「啊！前輩你來得正是時候！」

葛倫一如碰到貴人般大叫道。

「前輩你也來幫忙設置結界吧！應該說你快點給我幫忙！」

有人這麼厚顏無恥的嗎？

「混……為、為什麼我非得幫你的忙不可！」

「你還在裝什麼傻！快點快點快點！難道一定要一個指令你才一個動作嗎！你這個只會聽令行事的人！三流！」

「居然還反過來抹黑別人。怎麼會這麼不可理喻……」

到了這個地步，氣到一個極點的哈雷慢慢恢復了冷靜。

「拜託嘛！學生的實驗就快進入尾聲了！等一下不管你要決鬥還是說教我都答應你！」

「……呿！」

葛倫搬出學生當擋箭牌後，哈雷似乎也不忍再跟他惡鬥下去的樣子。

「等一下我一定會狠狠教訓你一頓！」

於是哈雷忍著滿腹怒火，心不甘情不願地開始在實驗室的角落書寫魔術式……

「呼……好險來得及……」

窗外下著傾盆大雨。

葛倫癱在實驗室一角鬆了口氣。

「……你做好心理準備了嗎？葛倫・雷達斯。」

哈雷一如等這一刻已經等很久似地站在葛倫的面前。

「現在就跟我到外面去。你總不會拿下雨天當作藉口逃避和我決鬥吧……？」

「……我知道啦。」

葛倫悶悶不樂地從地上爬起來。

「坦白說我厭惡戰鬥。不管是傷害人還是被傷害，我已經受夠那些事情了。人類為什麼就不能對其他人溫柔一點呢……我想我一定一輩子都沒辦法找出那個答案來吧……」

「……什麼？」

「不過，如果只有戰鬥才能斬斷憎恨的鎖鏈咒縛……只有戰鬥才能把前輩從浸蝕你內心的深邃黑暗中解救出來的話……我願意為你一戰！哈……什麼的前輩！」

「為　什　麼會是你站在正義的那一邊!?你腦子裡到底都在妄想些什麼故事情節!?」

哈雷一如懶得再跟葛倫奉陪下去般打開實驗室的門。

門一開，立刻有某個小型物體溜過哈雷的腳邊入侵實驗室。

「嗄!?」

目睹那一幕的葛倫立刻以頭部滑壘的方式整個人撲向那個東西。

「呀————!?」

意外遭受池魚之殃的哈雷被葛倫撞倒，在走廊上打滾——

「好燙燙燙燙燙燙燙燙——!?燙死人了燙死人了!?」

倒在地上的葛倫一邊用兩隻手輪流拋接那個小型物體，一邊大叫。

那個小型物體的真面目就是——

「火焰老鼠!?為、為什麼火焰老鼠會出現在這種地方……?」

看到那出乎意料的闖入者，西絲蒂娜不禁驚訝得呆若木雞，就在這時……

「不、不好了！召喚出來的火焰老鼠脫離控制逃走了——！」

隔壁的教室傳來了哀號聲。

「不會吧，召喚術實習課發生召喚不當的情況嗎！」

「太、太蠢了吧——！是哪個傢伙出的包啊，該死——！」

葛倫用兩手拋接火焰老鼠，破口大罵。

「放任這傢伙亂跑，四周溫度會突然猛烈上升的！我明明說過溫度變化是大敵了──!?」

「老、老師，不好了！」

魯米亞鐵青著臉指著走廊的另一頭。

只見有一群火焰老鼠成群結隊地，朝著葛倫班上的實驗室狂奔而來。

「媽呀，有一堆鬼東西出現了──！」

火焰老鼠擁有一雙圓滾滾的大眼，是以可愛聞名的魔獸，可是看在葛倫眼中只覺得是一大群惡魔。

成群的火焰老鼠鑽過葛倫等人的腳邊，不斷擁入實驗室。光靠體感就能感覺得出來四周氣溫正不斷上升。

「開什麼玩笑，要是在這個階段失敗，豈不是氣死人了，休想得逞──!?」

葛倫開始自暴自棄，東奔西跑徒手抓火焰老鼠。

「不可以啦!?會燙傷的，老師！」

「至少也用【抗性提升】附魔──」

「沒空！」

只見葛倫身上抱著一堆可愛的火焰老鼠，同時七手八腳地追捕其他在走廊四處流竄的火焰老鼠。

「唉……老師你的方式也太不聰明了吧。」

基伯爾搖頭嘆息地從自己的座位站了起來。

「你忘了嗎？火焰老鼠對冷氣沒什麼抵抗力，一旦體溫降低活動力就會變得遲緩。換句話說，只要用黑魔【冰天雪地】攻擊牠們不就得了？」

說完，基伯爾把掌心朝向在地上亂跑的火焰老鼠。

「慢著!?Ｓｔｏｏｏｏｏｐ!?今天做的實驗也禁不起冷氣摧殘啊啊啊啊啊啊──!?」

葛倫大叫阻止，無奈為時已晚。

「《白色冬日風暴》！」

基伯爾用一節詠唱發動咒文。

不管用什麼反制咒文，憑葛倫的三節詠唱都不可能來得及，而且他兩隻手都抱著火焰老鼠，所以也無法發動【愚者世界】──

「先　過　我　這　關吧吧吧吧吧──!?」

所以葛倫跳到基伯爾的左手掌心前面，用自己的肉身阻擋了從掌心噴出的冷氣。

「老、老師──────!?」

「不、不用管我……」

全身覆蓋著一層冰霜的葛倫全身不停發抖，忍著酷寒下達指示。

「……所、所有人都用【抗性提升】替雙手附魔，迅速回收火焰老鼠……聽到了嗎……？」

然後──

葛倫的身體一陣搖晃。

睡眠不足、肉體疲勞、輕微的瑪那缺乏症、貧血、燒傷、凍傷……今天一整天葛倫身體所累積的各種傷害，似乎終於突破他能承受的極限。

「還有……嗯，抱歉……我……已經……真的不行了……」

碰。

葛倫無力地趴倒在地上。

「老、老師!?振作一點啊，老師!?」

「真是的！誰教你這麼亂來！男生過來幫忙！把老師抬到醫務室去！」

葛倫模模糊糊地聽著魯米亞和西絲蒂娜慌亂的叫聲，意識沉入了黑暗之中。

…………

後來，火焰老鼠的事件順利解決，沒有造成任何危害。葛倫昏迷失去意識後，其他班級就立刻趕來支援，此外，西絲蒂娜冷靜地在現場指揮調度，讓大家能迅速捕捉到大部分的火焰老鼠也是一大關鍵。

所幸這起事件幾乎並未對葛倫掛念的實驗造成任何影響。

哈雷在實驗室所設下的黑魔【空氣調節】的結界，發揮了比想像中還要強大的氣溫安定效果。不愧是超一流天才魔術師哈雷，本事高超。

然後——

「嗚哇～!?好棒!?」

「這個真的是赤魔晶石嗎!?」

過了一段時間後，看到玻璃圓筒內自然生成的赤魔晶石，所有學生無不又驚又喜地歡呼。

「好大……原來赤魔晶石可以長得這麼大啊……」

「……真的很嚇人。即使是天然物，也很少看到這麼大的尺寸。」

「而且這結晶也太漂亮了吧……雖然是很鮮豔的深紅色，可是保有透明清澈感……」

「那是因為不像天然物一樣裡面含有雜質……也難怪會這麼漂亮了。」

學生們手上拿著剛鍊成的赤魔晶石，透過光源觀賞，完美得超乎預期的成果讓他們嘖嘖稱讚。

如果當初使用鍊金鍋的話，就只能鍊出豆子般大小的結晶，所以也無怪乎他們會有如此驚訝的反應了。

「…………」

另一方面。

溫蒂脫離喧鬧的眾人，默默地注視著自己鍊成的赤魔晶石。雖然跟其他學生鍊成的相比尺寸略小，不過這畢竟是笨手笨腳的她辛苦鍊出來的東西，以成果來說已經相當不錯，讓她有想要雀躍一番的衝動了。

「……葛倫老師、嗎？」

坦白說，溫蒂本來並不怎麼喜歡葛倫的教學。葛倫的教學向來只追求合理性和實踐主義，對溫蒂來說，有欠優雅與從容。怎麼看都覺得是小家子氣的東西。

溫蒂希望把魔術當作優良傳統的貴族文化來學習，所以葛倫的教學一點都不符合她的需求。她甚至一度考慮過提出轉班的申請。

不過，在恍恍惚惚地回憶葛倫今天一整天的奮鬥過程後……

「也罷，我就再接受你的指導一段時間吧。」

溫蒂微微揚起嘴角，用力握緊了自己鍊成的赤魔晶石。

醫務室。

看著躺在床上，鼾聲震天睡得不省人事的葛倫。

「真是……真的很愛讓人操心耶……」

西絲蒂娜從剛才就一直不停發著牢騷。

「如果不稍微養成冷靜判斷自己能力範圍的習慣，總有一天一定會發生無法挽回的事情啊……唉。」

「啊哈哈，算了啦算了啦……」

魯米亞一邊安撫坐在隔壁的西絲蒂娜，一邊伸手輕摸葛倫的頭。

「老師，謝謝你總是為了我們拚命付出。」

「呣呀呣呀……」

只見睡得又熟又香的葛倫嘴角漾著笑容。

看來他似乎正在做一場美夢的樣子。

…………

……

「這就是赤魔晶石……？」

「沒錯。很棒吧？」

「嗯！我以前從來沒看過像這樣的赤魔晶石耶！因為——它就像太陽公公一樣又大又耀眼

迷人啊！」

……

…………

魔術講師葛倫　虛榮篇

Magic instructor Glenn and his story of vanity

Memory records of bastard
magic instructor

放學後，阿爾扎諾帝國魔術學院二年級二班教室。

「——所以，就如之前跟你們通知過的，明天下午將舉辦教學觀摩，你們的父母都將受邀參加。」

葛倫意興闌珊地宣布後，班上的學生（主要是男的）紛紛發出哀號。

「你們別露出那種排斥的表情嘛，我自己也很不願意啊……啊，有件事先告訴你們，明天我可能會發燒請假……身體從今早就覺得怪怪的不舒服……」

「好、好齷齪——!?」

「怎麼會有這種老師……」

「是說老師自己請假還辦什麼教學觀摩啊!?」

放學後的班會時間的氣氛如今已蕩然無存，現在的教室儼然成了排斥教學觀摩的一部分學生（老師也包括在內）發洩心中不滿的會場，在這樣的教室裡——

「唉～～」

「怎麼了？西絲蒂。身體不舒服嗎？」

看到西絲蒂娜嘆了口氣，魯米亞擔心地向她攀談。

「沒有啦。身體沒怎樣……只是覺得……教學觀摩這話題跟我們一點關係也沒有。」

西絲蒂娜面露看似有些落寞的笑容回答魯米亞。

「妳想想，畢竟我們的父母都是魔導省的高級官員呀？他們常因為工作的關係往來帝都和菲傑德兩地……最近幾乎都不在家，不是嗎？」

「是啊……義父義母都是大忙人嘛。」

附帶一提，魯米亞和西絲蒂娜的家族席貝爾家並沒有血緣關係，不過因為某些複雜的因素，她和席貝爾家的人展開了同居生活，而且被視為家族的一份子。

「他們明天也一定不會在家的……所以我才想說，教學觀摩跟我們一點關係也沒有……」

說完西絲蒂娜又嘆了一口氣。

「果然還是會寂寞嗎？」

「嗯～該怎麼說呢？那算……寂寞嗎……？」

西絲蒂娜笑得很曖昧。

「說真的，爸爸媽媽真的跑來學院參觀，我也會覺得不好意思……可是我們平時在做什麼都沒辦法表現給他們看的話，好像也……嗯～總之心情很複雜。」

「啊哈哈，或許是這樣呢。」

魯米亞也跟著苦笑。

「算了，就某方面來說，這樣也好。」

西絲蒂娜努力打起精神如此說道，將目光投向黑板前的講台。

「追根究柢，為什麼我非得表現帶你們上課的情況給你們的父母看啊!?這樣的話我不就跟老師一樣了嗎!?」

「「「你本來就是老師了吧!?」」」

講台上，被女孩子們投以鄙視眼神的葛倫，正在跟男孩子們吵吵鬧鬧地瞎起鬨。

見狀，西絲蒂娜的眼神瞬間流露出不屑。

「再怎麼說……爸爸無論待人處事還是做為魔術師都非常嚴格嘛。如果讓他看到了老師……肯定會吵著要學院開除他的喔？」

「唔……滿有可能的……」

魯米亞一邊回想養父的為人，一邊表示贊同。

「席貝爾家是這一帶的大地主，出借了許多土地給魔術學院當校地使用……所以席貝爾家的發言在學院具有相當大的份量，只要爸爸有那個意思的話……」

「說不定真的有辦法讓學院開除老師呢……我不希望這樣……」

魯米亞露出困擾的表情嘟囔道。

「對吧？所以爸爸媽媽因為工作太忙不能來，就某方面來說也沒什麼不好的。」

西絲蒂娜一如要說服自己接受般如此說道。

「老、老師會不會被解僱其實跟我沒什麼關係啦……只是……魯米亞還滿欣賞老師的，應該不希望看到老師被開除吧……而、而且，老師平時雖然吊兒郎當的，不過他的教學方式真的很有一套，所以我還想再從他身上學到一點東西……總之……我沒有別的意思。」

西絲蒂娜紅著臉結結巴巴地自言自語，明明也沒有旁人聽見她在說什麼。

看到好友做出這般反應，魯米亞只是心領神會似地輕笑。

「好吧，再坐視不管的話，狀況恐怕會一發不可收拾，該出面阻止了。」

然後重新打起精神的西絲蒂娜一如往常地從座位站了起來，面對在講台上帶頭作亂的葛倫

——

「請你適可而止，老師！你到底把教師這份工作當成什麼了!?言歸正傳，教學觀摩原本的意義是——」

然後跟過去一樣開始滔滔不絕地說教。

班會時間結束，離開了學院的西絲蒂娜和魯米亞回到兩人居住的席貝爾家宅邸時，時間已

經是傍晚了。

兩人穿過腹地的中庭，打開雄偉的席貝爾宅邸的正面玄關大門，進入玄關大廳。

「我們回來了～」

在以往，這只是形式上的打招呼，不會有人回應。

照理來說不會有人回應，但——

「哎呀，歡迎妳們回來。」

這天卻有一名亞麻色頭髮的淑女出現在玄關大廳。

「……咦!?媽、媽媽!?」

長得年輕貌美，讓人難以相信擁有一個像西絲蒂娜這麼大的女兒的母親——菲莉亞娜面露溫柔的笑容迎接西絲蒂娜和魯米亞的歸來。

「義母，您怎麼會在家？這個時期您不是工作很忙，會長期在帝都滯留嗎……？」

魯米亞也跟西絲蒂娜一樣嚇得目瞪口呆地看著菲莉亞娜。

「呵呵，這是因為——」

這時……

「喔喔喔喔喔喔喔喔喔喔——!?」

某人隨著一連串急促的腳步聲沿著大廳內的樓梯一路衝了下來。

「妳們兩個終於回家了嗎————!?」

那個某人——年約四十歲左右的銀髮紳士帶著殺氣騰騰的表情，氣勢洶洶地衝到西絲蒂娜和魯米亞的面前——

「爸爸我好想妳們啊啊啊啊啊啊啊——!」

只見那名紳士張開雙臂向西絲蒂娜和魯米亞飛撲而去——

「呀啊!?」

西絲蒂娜和魯米亞反射性地分別往左右兩邊退開——

「——喔哇啊啊啊啊啊呀啊啊啊啊啊啊啊啊啊——!」

紳士撲了個空，而且還因為飛撲力道過猛，整個人穿過敞開未關的玄關大門，在中庭接連翻滾了好幾圈後才靜止不動。

「哎呀哎呀，親愛的……真拿你沒辦法。」

菲莉亞娜看到屁股朝天倒地不起的紳士——也就是她的丈夫雷納多・席貝爾露出那副糗樣，臉上掛起了溫和的微笑。

「那個人就交給我了，妳們兩個先去換衣服吧。」

菲莉亞娜催促一臉茫然的西絲蒂娜和魯米亞行動。

「我們回來的原因就留待稍後……不如就晚餐時再告訴妳們吧。呵呵，好久沒下廚，今天我來大展手藝好了。妳們兩個就等著一飽口福吧。」

「嗯、嗯……」

「好、好的，義母……」

不久，天黑了。

席貝爾家的餐廳開始了天倫之樂的時光。

在鋪著白色桌布，有蠟燭台和花瓶當作裝飾的長桌上，擺滿了烤牛肉片、煎鮮魚派、烤布丁等色香味俱全的料理，然而——

「咦咦咦咦咦咦咦咦咦——!?」

西絲蒂娜失控的大叫聲響徹了餐廳。

「爸爸你們明天要來參加教學觀摩!?這是怎麼一回事!?你們不是說，這個月都要忙著工作——」

「呵呵，其實是他為了參加妳們的教學觀摩，不顧一切請了假。」

「前幾天收到學院要舉辦教學觀摩的通知，一想到或許有機會可以親眼看到妳們的傑出表現，我就心浮氣躁得站也不是坐也不是哪……而且上次魔術競技祭的時候因為有要事纏身，而沒能共襄盛舉……所以我一時衝動就請假了，哈哈哈！」

雷納多笑得像個風度翩翩的紳士。

「一、一時衝動請假……」

雷納多是推動國政重要機關運作的高級官員，換句話說如果雷納多不在，有些事情就會被迫停擺。

「哎～爸爸我明天一定要使出渾身解數，努力把西絲蒂和魯米亞的英姿烙印在視網膜上喔——！」

（……這個國家還撐得下去吧？）

雖然父親平時是個儼然完美超人的紳士，可是總會在某些關頭做出讓人覺得扣分的表現，看到父親又故態復萌，西絲蒂娜和魯米亞不禁感到一絲不安。

「呃、呃，爸爸。很抱歉在您興致正高昂的時候說這種掃興的話……」

西絲蒂娜一邊按著太陽穴一邊提出建言：

「不過……您和媽媽都有很多工作要忙吧？所以不用為了我們勉強騰出時間來也沒關係

啦……」

「是呀，我們的教學觀摩不值得義父和義母特地跑這一趟。我們在學校很好的，所以請你們專心在工作上吧……」

西絲蒂娜和魯米亞會這麼說，純粹只是基於對父母的體貼，然而——

「什麼——」

聞言的雷納多瞬間一如被推入地獄深淵般，突然露出無比絕望的表情。

「怎麼辦啊菲莉亞娜——!?叛逆期、我們的女兒進入叛逆期了——!?完了，沒救了！這個國家要滅亡了——」

雷納多情緒失控，彷彿明天世界末日就要到來一般——

「呵呵，親愛的，你也真是的。」

於是，不知不覺間移動到雷納多身後的菲莉亞娜就像在擁抱小孩子一樣，用纖細的手臂環抱住精神錯亂的雷納多的脖子——

喀嘰。叩。

一眨眼，她勒昏雷納多，讓他安靜了下來。

「「…………」」

這樣的畫面在席貝爾家來說算是相當常見的，西絲蒂娜和魯米亞在看到這一幕後，都有種「啊啊，他們兩個真的回來了呢」的強烈感受。

「妳們不用擔心我們的工作。」

菲莉亞娜撇下昏厥在椅子上的雷納多，表情溫柔地說道。

「關於請假，我已經以秘書官的身分正式恐嚇取得申——正式通過了申請，不用擔心。」

「剛、剛才您是不是講了什麼很可怕的事情又突然改口!?」

「而且我也一樣很好奇妳們平時都過什麼樣的校園生活……可以嗎？」

菲莉亞娜假裝完全沒聽見西絲蒂娜的吐槽，而且還拜託似地笑著注視著她。

被自己的親生母親用那樣的眼神注視，西絲蒂娜也狠不下心拒絕。

「也、也不是不可以……啦……」

西絲蒂娜口齒不清地回答道。

這時浮現在西絲蒂娜腦海裡的，正是她班上的責任講師——葛倫那張傻臉。

（嗚嗚……怎麼辦……）

西絲蒂娜的父親雷納多只要碰到跟愛女們有關的事情，就會變得蠻不講理，原本無論一般待人處事還是做為魔術師，他的要求都非常嚴格，是個不只嚴以律己也嚴以待人的人物。如果是寬宏大量的菲莉亞娜也就算了，但讓雷納多跟葛倫碰面絕對會是一場災難。

要是讓雷納多看到那個問題講師任意地胡作非為的模樣……

（老、老師搞不好真的會被開除……）

說認真的，席貝爾家的現任當家在那所學校所具有的力量就是如此驚人。在一年一度的魔術學院總會，席貝爾家的當主一定都會受到邀請，和超有名的明星教授們、出資者、魔導省和教導省的幹部們平起平坐。

到底該怎麼辦才好……？

當西絲蒂娜一邊流著滿頭大汗，一邊絞盡腦汁思考該如何解決葛倫的問題的時候——

「呵呵，太棒了。這麼一來，我終於能跟那個傳說中的葛倫老師見面了。」

沒想到菲莉亞娜的口中會蹦出那個名字，西絲蒂娜嚇得差點從椅子上跳了起來。

「咳咳咳!?為、為什麼媽媽妳會知道葛倫老師!?」

「為什麼……因為妳們平時寫信跟我報告近況的時候，每次寫的都是在學院教導妳們的葛倫老師的事情呀？」

「咦、咦咦咦——!?」

大吃一驚的西絲蒂娜回顧自己的記憶。

經母親這麼一說並試著回想以前寫給母親的信件之後，西絲蒂娜確實是有印象曾在信裡談過葛倫沒錯……不過自己真的每次都只寫葛倫的事情嗎？

「呵呵，無論是西絲蒂娜還是魯米亞，妳們好像都很喜歡那個葛倫老師對吧？不知道他是什麼樣的人呢？我已經迫不及待想跟他見面了。」

「是的，義母。他是個很優秀的老師喔。對不對？西絲蒂。」

「啊……那、那個，我沒有特別……」

西絲蒂娜話說得吞吞吐吐，與此同時她為了讓心情恢復穩定，含了一口飲料……

「欸，妳們兩個該不會……都喜歡那個葛倫老師吧？當然我不是說喜歡他這個老師，而是他這個男人。」

這時，菲莉亞娜毫不留情地又投下了另一顆炸彈。

「噗——!?咳!?咳咳!?媽、媽、媽媽，您在胡說八道什麼——」

「哎呀？妳們都到了那個年紀……已經是亭亭玉立的淑女了呀。談個一兩場戀愛也沒什麼好奇怪的。」

菲莉亞娜泰然自若地笑著說道。

「而且戀愛能使少女成長得愈發美麗動人。好久沒看到妳們了，沒想到妳們都變得如此美麗……所以我才會揣測妳們是不是都喜歡上了那個老師。實情又是如何呢？」

菲莉亞娜用手拄著臉頰，看似溫和的笑容隱約流露出淘氣的氣息，感覺就像喜歡惡作劇的貓咪一樣。

「這是秘密。答案就任憑義母您自己想像了。」

魯米亞眨了眨眼，豎起食指抵住嘴唇，大方地回以微笑……

「這這這這這是誤會!?我、我怎麼可能會喜、喜歡上……那、那種男人!?」

西絲蒂娜整張臉漲得面紅耳赤，拚了命地搖頭揮手，強力否定。

「嗯，真相到底如何呢？我好好奇呀……」

看到女兒們那惹人憐愛的模樣，菲莉亞娜開心地止不住笑意……

「……什、什麼……戀愛…………」

終於從昏迷中甦醒的雷納多顫抖著抬起面孔。

「不行不行不行！你們談戀愛還太早了！爸爸我絕對不贊同！而且老師和學生談戀愛，這種事情在倫理上是不被允許的——！」

「所、所以說事情不是那樣了！拜託不要妄自揣測好嗎？爸爸！」

「可惡！不過就是一介魔術師，竟敢花言巧語勾引我兩個女兒啊啊啊啊——！不可原諒！

那個男人住哪!?我要去放火燒——」

「親愛的，冷靜一點。」

啪嘰。叩。

「唉，親愛的，你怎麼老是說那些任性的話呢……我們自己在她們這個年紀的時候，就已經很恩愛了，不是嗎？」

菲莉亞娜向翻白眼癱在桌上的雷納多笑嘻嘻地說道。

「記得……義母妳好像是在學生時代跟義父認識的樣子？」

眼前的奇妙畫面讓魯米亞忍不住苦笑，開口延續話題。

「是啊，沒錯。雖然他現在擔任魔導省的官員，可是年輕的時候，也曾有一段時間在妳們就讀的魔術學院擔任講師喔。」

「咦？」

「他在當魔術講師的時候，我就是他的學生。」

「等一下——!?我、我之前怎麼都沒聽說過這種事情——!?」

得知讓人跌破眼鏡的事實，西絲蒂娜情不自禁地站起來大叫。

「咦、咦咦咦——!?騙人!?不敢相信！這意思也就是說，爸爸他對自己教導的女學生展開追求嗎!?那個嚴格又古板的爸爸怎麼可能會——」

「呵呵，妳不要太過責備他的不是了，西絲蒂。因為我們兩人會在一起，是我單方面陷入熱戀克服種種困難才追到的喔。」

「唔……原、原來是這樣……沒想到母親妳竟然這麼積極呢……」

西絲蒂娜紅著臉頰表情複雜。

「不過我們在我畢業之前一直保持純潔的關係喔？咦？那畢業之後？呵呵，妳們有興趣知道嗎？」

「我不想聽！我沒有興趣知道父母之間那些男歡女愛的事情——！」

「那個人啊，每次約會都不由分說地硬是把當年還是懵懂無知天真小女孩的我，帶到沒什麼人的地點——」

「不——要——說了呀呀呀呀呀呀呀呀呀呀呀呀呀——！」

西絲蒂娜整張臉漲成了火紅色，雙手摀著耳朵，瘋狂似地不停搖頭。

菲莉亞娜則是看著稍微刺激一下就做出誇張反應的心愛女兒，一副樂在其中的樣子。

（話說回來——）

魯米亞露出曖昧的笑容，輪流打量西絲蒂娜和菲莉亞娜，心裡想著：

（該說有其母必有其女嗎？雖然西絲蒂在對自己的感情很遲鈍這點跟義父很像，不過……）

「先……先不談當年的菲莉亞娜實在太可愛了，再加上我還年輕血氣方剛才會抗拒不了誘惑的事了，總而言之——！」

好不容易重新復活的雷納多，慢吞吞地抬起面孔。

「哎呀？你特別強調當年的意思是……現在的我讓你看了覺得很礙眼嗎？」

「怎麼會！妳現在變得比當年更漂亮了！不過眼前的重點在於葛倫這名男子！」

一把年紀的雷納多依然不改肉麻，臉不紅氣不喘地放起了閃光彈——

「那個負責教西絲蒂她們的責任講師……葛倫・雷達斯！果然還是得由我親自出面鑑定才行……！」

同時他用力握緊拳頭做出了宣言。

「本來我只是想好好觀察那個名叫葛倫的是否適合當妳們的老師——現在我改變念頭了！既然如此，我要徹底地雞蛋裡挑骨頭！假如那個叫葛倫的男人是個不正經的傢伙的話……我要賭上我的一切把他從學院開除——！」

「嗚……」

西絲蒂娜被激動得呼吸急促的雷納多嚇到臉色蒼白。

「那、那個……爸爸。我可以問一個問題嗎……」

「呼，說吧。西絲蒂？」

「呃……我只是假設喔？只是假設!?如果有一個人講話總是沒大沒小，言行舉止沒有魔術師的風範，打從心底瞧不起魔術，長袍都不規規矩矩穿好……這樣的人在擔任魔術講師的話……爸爸您會怎麼做？」

「妳說什麼!?這種傢伙根本無可救藥！」

雷納多瞬間變臉。

「居然有這種荒唐的人做為培育學生的老師……長袍可是魔術師的正式服裝以及榮譽的象徵，連長袍都不當一回事的人，肯定不是什麼好東西！我一定會馬上將他趕出學院！」

「就、就是說啊～」

西絲蒂娜繃緊面孔，冷汗直流。

「我在想……該不會妳們班的責任講師葛倫，就是那種不三不四的男人吧……？」

「怎麼會怎麼會!?才、才不是呢！老師人格很高尚的！無論是待人處事還是做為魔術師，他都是值得尊敬的人！」

雖然被雷納多一語道破，完全沒有否定的餘地，不過站在西絲蒂娜的角度，她也只能如此回答。

「哼，真的是這樣嗎？說不定是看我們家西絲蒂和魯米亞太可愛，所以才在妳們面前裝模作樣而已。怎麼會有這麼卑鄙無恥的男人……!?」

「您這樣的想法也太保護兒女了吧，爸爸……」

「所以說果然還是得由我親自鑑定才準……好，明天爸爸我會為了妳們努力加油的！」

「用、用不著那麼拚命也沒關係的……」

西絲蒂娜按著開始頭痛起來的腦袋，深深地嘆了一口氣……

隔天。

上午授課的休息時間。

西絲蒂娜和魯米亞把葛倫叫到學院校舍的中庭，把昨天在家裡發生的事情告訴了他。

「總覺得，妳老爸看起來就不好惹哪。」

收到她們兩人的警告後，葛倫用略顯不快的眼神盯著西絲蒂娜拿給他看的雷納多和菲莉亞娜的相片，臉上難掩錯愕。

「爸爸他……平時不管對自己或對別人都很嚴苛，是道德很崇高的人……可是……只要一碰到跟我們有關的事情，他就會變得稍微有點熱血過頭……」

「這樣的老爸竟然可以生出像妳這種一板一眼的老古板來啊？白貓。」

「……不用你多管閒事。」

沒能反駁的西絲蒂娜只能嘆著氣回應。

「無論如何！今天下午的教學觀摩，老師你一定要格外注意喔!?剛才也說過了，席貝爾家的當家在魔術學院的發言可是占有非常大的份量的！如果你不希望被開除的話──」

「被開除我也沒差就是了……」

「咦？」

聽了葛倫不當一回事的回答後，西絲蒂娜有種內心突然為之結凍的感覺。

她都忘記得一乾二淨了。

葛倫他這個人非常討厭魔術……以前還是約聘講師的時候，一天到晚都巴不得自己趕快被開除。

因此，即使葛倫利用這次的機會選擇離開學院，也沒什麼好不可思議的。

當西絲蒂娜想到這個可能性之後，便不知怎麼地感到一股壓得她快喘不過氣來的強烈焦慮

——

「……如果是以前的我，或許會這麼想吧……唉，沒辦法。麻煩歸麻煩，就今天一天我稍微裝一下正經，好好扮演老師的角色吧……」

直到葛倫接著把話說完後，西絲蒂娜才在不自覺間放下心中的大石。

魯米亞露出會心一笑，默默地關注著這樣的西絲蒂娜。

「哼、哼。你有心想振作一下那就好。再說，如果你離開學院的話，魯米亞會很難過的……」

「哈哈，怎麼會扯到那個。」

「總而言之，你要仔細記住接下來我說的重點，認真面對今天的教學觀摩，聽清楚了嗎？」

「好啦好啦。」

「首先，教學觀摩的時候說話要有魔術師的樣子。不可以像平時一樣講話那麼粗魯！」

「好好好，講話要有魔術師的樣子是吧。」

「再來，言行舉止要符合魔術師的風範！不管面對什麼事情，都要記住自己的身分是魔術師！知道了嗎！」

「哦，對應要有魔術師的風範……」

「還有，不可以像平時一樣蔑視魔術。至少在教學觀摩的期間，要把『魔術是崇高的』這種認知放在心上。」

「好啦好啦好啦好啦……」

「長袍尤其重要！嚴禁像平常一樣隨隨便便披掛在身上！因為長袍對魔術師而言，不僅是正式服裝，還是榮耀的象徵！」

西絲蒂娜看著葛倫那件沒有把手臂套進去只是隨性披在肩膀上的長袍，希望他可以改進，但……

「呼，唯獨這點我沒辦法讓步。因為這是我向魔術提出反證的一種表現方式……」

「你是小孩子嗎!?」

「妳、妳說什麼!?」

明明已經沒有時間了，可是葛倫和西絲蒂娜卻為了芝麻蒜皮的小事吵得臉紅脖子粗。

「不、不會有問題吧……」

看著這樣的兩人，魯米亞不禁露出忐忑不安的表情。

午休時間結束後，進入下午。

葛倫班上的教學觀摩很快就要開始了。

學生的家長陸陸續續湧入二年級二班的教室。

學生們和已到場的家長各自對談聊天。

「時間差不多了……老師就快到了吧。」

魯米亞看著機械式的懷錶喃喃說道。

「啊啊，唉……那傢伙真的沒問題吧……？」

雖然西絲蒂娜事前幫葛倫提點了很多注意事項，不過她現在還是擔心得坐立難安。

附帶一提——

西絲蒂娜的雙親也早就到場，尤其當雷納多現身在教室時，那個風度翩翩又威風凜凜的容貌與威嚴，瞬間成了眾家長與學生的矚目焦點，但是……他一看到西絲蒂娜和魯米亞後，也不管自己已經一把年紀，開始大吵大鬧，最後被菲莉亞娜勒昏，現在正有氣無力地倒在教室的角落。

這一幕也引來四周學生的訕笑，西絲蒂娜羞得想挖個洞躲起來。

——就在這個時候……

教室前方的門忽然開啟，葛倫走了進來。

「各位同學的家長，歡迎你們今天前來參加教學觀摩。我是本班的責任講師葛倫‧雷達斯。請多多指教。」

看到講台上的葛倫的模樣，所有學生都啞然失色。

平常總是疏於整理的一頭亂髮，今天抹上了髮油梳理得服服貼貼的，臉上戴了副銀色的圓框眼鏡。長袍穿得整整齊齊，說話的語氣和一舉一動不僅穩重而且十分高雅——現在的葛倫看起來儼然是個年紀輕輕的賢者。

「噢噢！那個相貌堂堂的年輕人就是這個班上的……」

「還那麼年輕就這麼了不起了啊……」

那充滿知性的好青年模樣，讓對事實一無所知的眾家長們紛紛嘖嘖稱讚，但是——

「——噗噗!?」

「噗……老、老師……！這、這根本算是詐騙吧……！」

「不、不行了……肚子好痛……！」

教室裡此起彼落地傳出了諸如此類，聽起來像是在憋笑一樣的發抖聲音。

這時——

（可惡，你們這群該死的混蛋……!?）

葛倫拚命控制抽搐的臉頰，一邊默默地在心裡如此埋怨。

仔細一瞧，連西絲蒂娜也跟其他學生一樣，抱著肚子發抖。

（是說，白貓！妳笑個屁啊!?還不都是妳教我這麼做的!?）

葛倫拚了命忍住想叫出聲來的衝動，這時……

喀嚓！

教室的一角傳出了奇怪的聲響。

「……嗯？」

葛倫轉頭往聲音的來源望去——

「嗄!?」

只見學院的魔術教授，同時也是葛倫的師父與養母的女性——瑟莉卡不知何故站在那裡。

瑟莉卡把拍攝風景用的箱形裝置——射影機裝設在教室一角，自己則一臉洋洋得意地站在一旁，向葛倫豎起大拇指比讚。

（為什麼連妳都跳進來湊熱鬧啊瑟莉卡——!?在那種地方設置那種玩意兒，妳是想幹什麼啊!?）

瑟莉卡絲毫不瞭解葛倫的心情，只是一直定睛注視著葛倫……不久肩膀開始頻頻顫抖……

「……噗！嘻嘻嘻……啊哈哈！啊哈哈哈哈哈哈哈哈哈哈哈哈哈哈哈哈哈——！」

只見瑟莉卡突然捧腹大笑，即使被其他家長投以訝異的目光也完全不以為意。

（快滾啦!?）

現在的葛倫只能繼續掛著爽朗的表情握緊拳頭忍耐。

然後——

「哼，竟然不顧他人感受當眾捧腹大笑……怎麼會有這麼沒常識又沒禮貌的人。」

不知不覺復活的雷納多，冷冷地睨了笑到不能自已的瑟莉卡一眼。

（唔，那個大叔就是白貓的……剛才我在照片看過他……）

「那個金髮的女性……我是不知道她是誰的家長，不過由她監督保護的人八成也不是什麼正經傢伙……如果情況許可，我真想看看受她監護的人是不是真有資格留在這所學院。」

（我明明什麼都還沒做，印象就被大扣分了！瑟莉卡那個臭傢伙啊啊啊——!?）

葛倫開始頭痛了起來。

（搞什麼啦！教學觀摩還沒開始就有強烈的不祥預感!?）

葛倫拚了命控制抽搐的臉頰，面對台下所有人說道：

「非常感謝各位今天應邀前來參加教學觀摩。希望各位家長可以藉這個好機會，親眼觀察孩子在學校的日──啊嗚──～～!?咿──入、入常表現……那、那摸偶們開鼠上課吧……」

葛倫眼眶隱隱泛著淚光，用手摀著嘴巴，繼續努力用不習慣的假正經語氣說話。

「噗。他剛剛是不是咬到舌頭了……？」

「誰、誰教他硬要做不擅長的事情……」

學生們憋笑憋得很辛苦。

家長們也察覺班上瀰漫著一股說不上來的奇妙氣氛，感到納悶。

本日的教學觀摩就在懷著一顆不知何時爆炸的未爆彈的情況下揭開序幕。

這次的教學觀摩預定前半段的時間在教室上課，後半段的時間則是上實戰的課程。

首先是前半。

這堂課上的是學習如何操作運動和能量的黑魔術的理論──『黑魔術學』。

學生們一如既往坐在自己的座位，家長們則集中在教室後方，授業正式開始。

然後，葛倫的不祥預感成真了──

「欸欸，剛才老師的解說你們都聽見了嗎？」

當葛倫在解說魔術理論的時候，瑟莉卡動不動就眉飛色舞地跟四周的家長攀談。

「怎麼會解說得這麼精采啊。那個講師還那麼年輕，可是卻有如此深厚的魔術造詣，你們不覺得很厲害嗎？我覺得真的是太神了。這年輕人實在了不起，嗯嗯。」

瑟莉卡面露自命不凡的表情，口沫橫飛地向周遭一臉困惑的家長們吹噓道。

「哎～真的太了不起了。那個講師到底是跟誰拜師學藝的啊～？我猜他拜師學藝的對象肯定也是很出色的師父吧～？相信栽培出那個講師的師父一定也以他為榮吧～？他的師父到底是誰呢～？好想知道喔對不對～？」

——煩不煩啊，快滾啦。講台上的葛倫一如巴不得把瑟莉卡轟出去般，板著一張快崩潰的臉，拚命忍耐。

「咕奴奴奴，可惡……」

另一方面，一直在找機會想要吹毛求疵的雷納多，發現葛倫的教學品質比他想像的還要優秀，似乎有些惱怒。

「老師，我有問題想要請教！」

雷納多舉手發問。

——問個屁啊。講台上的葛倫一臉忍不住想發飆般，板著一張快崩潰的臉，拚命忍耐。

「葛倫老師，剛才你說三屬性咒文基本上是屬於同一性質的東西，你難道不覺得奇怪嗎？照你的說明，導力向量只有根元素中的電素振動方向和流動方向兩種。要怎麼靠那兩個向量構成三屬性的咒文？」

「是的，我現在就是準備要說明這個部分。第三個向量——其實就是電素振動現象的停滯方向。」

「奴……」

「換言之，電素振動運動分為振動加速方向和振動停滯方向兩種。它們也分別成為炎熱與冷氣兩種屬性的能量。」

「呿，原來你知道嗎……毛頭小子。」

雷納多放棄追問，一副氣得牙癢癢的模樣。

（拜託……爸爸你……找碴找得也太明顯了吧……真幼稚……）

西絲蒂娜抱頭苦惱。

這時……

「唉呀呀，是誰的家長啊，居然打斷老師的教學，真不要臉。」

瑟莉卡疑似看出雷納多的意圖，只見她太陽穴爆出青筋，語帶挑釁地嘆氣。

「而且不等人家解說完畢就急著要挑人語病……被你這種大人監督保護的學生，現在應該覺得很丟臉吧。」

「妳說什麼!?對我的孩子而言，我可是值得引以為傲的偉大父親！她們怎麼可能會覺得我很丟人現眼！」

（抱歉，爸爸。我確實覺得很丟人現眼……）

（對不起，義父。這我真的沒辦法護航……）

兩個女兒默默地在心裡吐槽。

「再說，要談丟人現眼，像妳這種女人才沒資格說我！居然連射影機都出動是怎樣！我不知道妳是誰的家長啦，我只知道被妳監督保護的那個人很可憐而已！他現在應該覺得丟臉死了吧！」

「你在說什麼蠢話。我可是那孩子的理想母親。他是不可能會覺得我很丟臉的。」

（妳錯了，我真的覺得妳很丟臉。拜託妳快回去啦。）

葛倫默默地在心裡吐槽。

「咕奴奴奴……」

「哼！」

兩人的視線在半空中擦出了火花。

後來……

「喂！剛才那個問題可是西絲蒂的拿手項目喔!?你為什麼不點名西絲蒂回答!?是在刻意打壓她的表現嗎!?」

「咦、咦咦……？」

可是在葛倫點名了西絲蒂娜後，卻又……

「你這傢伙！為什麼要點名西絲蒂娜!?難道你是想讓她答錯問題在大家面前丟臉嗎!?」

「……到底想要我怎樣？」

雷納多真的意見很多。

另外，在教室的一隅——

喀嚓、喀嚓、喀嚓！

瑟莉卡對不堪其擾的旁人視若無睹，不斷用射影機拍攝葛倫。

（那個女人……!?）

真的巴不得把她轟出去。可是現在必須裝作不認識她，否則就麻煩了。

（啊啊啊啊，這兩個根本是來亂的。我的胃好痛啊啊啊啊——！）

雷納多在看到沉迷攝影到渾然忘我的瑟莉卡後……

「呿……雖然不知道她是誰的家長……不過她身為家長想要把自己孩子的精采表現以有形方式保留下來的心情看來似乎是真的……！」

不知何故，他看她的眼神就像碰上了往年的勁敵一樣……

「哼。」

瑟莉卡向那樣的雷納多投以帶有挑釁意味的笑容……

「可惡，老子怎麼能夠輸給妳啊啊啊啊啊啊啊——!?」

雷納多不知用了什麼魔術，憑空變出一部大型的射影機——

（呃，你為什麼要在這個時候跟人拚輸贏啊啊啊啊啊——!?）

「等等——拜、拜託千萬不要，爸爸————!?」

當葛倫一籌莫展，西絲蒂娜紅著一張臉尖叫的時候——

啪嘰。叩。

菲莉亞娜笑咪咪地勒昏了自己的丈夫。

「呵呵，請繼續。」

「啊，好的。」

面帶笑容的菲莉亞娜散發出異常的魄力，被那股魄力震懾的葛倫低聲下氣地繼續上課。

歷經一波三折，教學觀摩的前半戰終於宣告結束。

「葛倫老師……他不僅頭腦聰明，看起來還很風度翩翩呢。」

下一堂課開始前的休息時間。

在教室一隅，菲莉亞娜帶著滿臉笑容對雷納多說道。

「教學方式非常出色，重點是他總是非常仔細地觀察學生的上課情況。呵呵……看來我們的女兒很幸運碰見了好老師呢。」

可是雷納多卻不以為然。

「……哼。葛倫・雷達斯……我看那個男的就是不順眼。」

「哎……你還在說這種話。你也該放手讓孩子自由成……」

「妳錯了。我不否定由於事關女兒們，這也是我抗拒他的原因之一，不過……」

如是說的雷納多雖然一臉不悅，卻也帶有幾分嚴肅。

「葛倫那小子……以他的年紀來說，確實是算很了不起的教師了……然而他現在表現出的這一面，真的是他的本性嗎？」

雷納多說出這番話時，他的表情不像寵溺小孩的父母。而是肩負帝國國政的要人。

「我怎麼看都覺得那個男的是披著羊皮的狼。這種男人可以信任得過嗎？可以安心把女兒交給他嗎？當然，我的意思是能否安心交給他這個老師教導！」

菲莉亞娜則是心平氣和地要這樣的丈夫息怒。

「哎呀，別這麼說嘛。畢竟有這麼多家長注意著他的一舉一動。態度會跟平常不太一樣也是無可奈何的事情呀。」

「話雖如此……唔。」

「而且教學觀摩還沒結束呢。如果你對他這個人有所懷疑，何不再仔細觀察看看？」

「……說得也是。」

於是，教學觀摩後半。

實戰課程——幫助學生累積魔術戰鬥經驗的『魔術戰教練』課開始了。

學生和家長一同離開教室，來到了位在學院校地東北方的魔術競技場。

今天競技場的設定是『荒地』，所以眾人腳下是一大片寸步難行又荒涼的荒野。

「雖然我由衷希望你們永遠不會碰到那一刻……不過各位同學既然身為魔術師，勢必無法避免與他人一戰……所以很遺憾的，那一刻到來的可能性絕對不是零。」

葛倫向排隊站在競技場中央的學生們解說。

「歷史告訴我們，魔術與戰鬥之間有著密不可分的緣分，所以各位同學你們必須將這個事實銘記在心，並且弄清一旦碰上緊要關頭，自己有什麼能力，能力範圍又到哪裡。」

家長們在競技場的末端遠遠地觀看葛倫他們的上課情形。

「在重新說明了上這堂課的意義後，今天我們就以魔像為對手，來進行魔術的戰鬥訓練吧。」

如此說道後，葛倫拍了拍擺放在一旁的人形魔像的肩膀。

「老師～請問魔像的戰鬥等級設定是多少呢？」

「這個嘛……戰鬥等級1等於一般成年男性的平均身體能力，再加上這是你們第一次以魔像為對手進行戰鬥訓練，這次就調戰鬥等級2來試試看吧。」

「咦咦咦咦咦咦咦咦——!?怎麼會是戰鬥等級2～～!?」

被葛倫的宣言潑了盆冷水，部分血氣方剛的男學生強烈地表示不滿。

「老師，戰鬥等級2不就跟街上愛打架的小混混差不多一樣強而已嗎！」

「就是說啊就是說啊！這樣也太無聊了吧！至少也調整為戰鬥等級3嘛！」

「……真拿你們沒轍。」

葛倫面有難色地嘆了口氣。畢竟有父母在一旁看著，有些學生似乎想趁機好好表現一番的樣子。

「魔術師跟非魔術師之間確實是有一段很大的差距。問題是，有正式受過一定程度戰鬥訓練的人，跟沒受過什麼訓練的人之間同樣有一段很大的差距，這也是不爭的事實。」

如是說的葛倫，表情顯得格外正經。

「戰鬥等級３一般認為就跟帝國軍普通士兵差不多水準。實力跟街上愛打架的小混混相比是不同次元的。就老師我的判斷，是有少數幾個同學可以順利應付戰鬥等級３的魔像沒錯，不過……」

葛倫的視線迅速掃過西絲蒂娜、基伯爾、溫蒂、卡修等人的臉。

「總之，今天還是委屈大家用等級２來體驗『戰鬥』吧。相信你們應該可以體會到，即使對手只是一般人而非魔術師，帶著敵意攻擊的敵人有多麼可怕難纏……跟有規則限制的魔術戰『比賽』相比，又有什麼不同的困難。」

雖然有部分學生臉上寫著不滿，但葛倫沒予以理會，動手為魔像設定。

這具魔像是專門為魔術師的戰鬥訓練開發設計，只要在它的後腦勺書寫盧恩文字，任誰都能簡單設定戰鬥難度，是非常方便的道具。

這具魔像設有一種功能，一旦承受強烈到會實際使人類無法行動的攻擊，動作就會立刻停止，而且起動者隨時都能命令它停止行動，在有需要的時候十分容易介入。乃是廣泛使用在『魔術戰教練』授課中的魔像。

然而，就在葛倫為魔像設定成戰鬥等級2的時候——

「慢著——!?要用魔像來進行戰鬥訓練!?那樣不危險嗎!?要是我家可愛的西絲蒂和魯米亞因此受傷，你要怎麼負責啊啊啊!?」

「呿……恐龍家長又在發神經了……」

看到雷納多又在外圍叫囂，葛倫嘆了一口氣。

「……嗚，對不起，老師。」

西絲蒂娜覺得過意不去道歉。

「算、算了啦，那也是沒辦法的……這也證明他有多麼重視妳們兩個吧。我去跟家長說明一下情況。」

「啊，老師。我們也跟你一起去吧。」

「說的也是。由我們來說明，爸爸應該也會比較容易認同。」

魯米亞和西絲蒂娜如此說道，決定跟葛倫同行。

「謝謝。那就麻煩妳們兩個了。其他同學請先做好熱身運動。提醒你們，在我回來前，絕對不可以擅自觸碰魔像！都聽見了吧！」

於是，吩咐完事情後，葛倫往家長們集合的地點出發了。

另一方面，在做熱身運動的學生中。

「吶，凱。」

「幹嘛？羅德。」

「你不覺得戰鬥等級2果然太無聊了嗎？」

「是有點啦。就算打贏也沒什麼成就感吧……會不會是老師錯估了我們的實力？」

「我想也是。唉，本來想讓老媽見識一下我大顯神威的場面的……」

「吶，羅德。雖然老師有交代我們不要亂碰魔像啦，不過……」

「……哦？」

凱湊在羅德耳邊竊竊私語……

「我和我的女兒都是魔術師！我不至於會禁止她們去做有可能會受傷的事！問題是你保證不會有問題嗎!?萬一西絲蒂和魯米亞有了什麼三長兩短，我可是會哭的!?」

「真的不會有問題啦，老師都說明過好幾次了……」

葛倫和雷納多一來一往地交換意見，一旁的西絲蒂娜不耐煩地嘆氣。

「先生您說的沒錯，把難度調整到等級3以上對現在的學生來說還很危險。不過我以我身為教師的榮譽發誓，絕不會讓他們涉入那種危險中，所以您大可放心。」

「義父。葛倫老師不是那種會強迫我們去做有生命危險的事情的人。不用擔心啦，好嗎？」

「對呀對呀。」

「咕奴奴奴奴……」

看到兩個寶貝女兒都在幫葛倫說話，雷納多又羨慕又不甘心似地咬牙切齒……

「親愛的，你啊……」

當菲莉亞娜一如既往一聲不響地出現在雷納多身後，打算把他勒昏的時候——

「老、老師！不、不好了！」

忽然有個嬌小的女學生——琳恩衝到了葛倫的面前。

「發生了什麼事嗎？琳恩。」

「那、那個……羅德同學和凱同學擅自亂碰魔像……好像是想改變設定的樣子……！」

「妳說什麼!?」

就在葛倫變得面無血色的同一瞬間——

「「嗚哇啊啊啊啊啊啊——!?」」

突然傳來了男學生的慘叫。

葛倫轉頭一瞧，只見疑似是不小心被誤觸而起動的訓練用魔像，一拳打飛了羅德和凱。

「咿、咿咿咿咿咿!?救命啊!?」

「等級3的動作怎麼會這麼快——!?」

只見魔像舉起手臂，作勢向在地面打滾的兩名男學生繼續發動攻擊——

由於事出突然，四周的學生和家長一時之間都傻了眼，呆若木雞——

「混帳東西——————!」

葛倫搶先任何人，第一個展開行動。

咻啪！一道撕裂空氣的尖銳聲響響起。

只見魔像「咚！」地發出巨大聲響的同時身子向後仰。

「咦!?」

西絲蒂娜瞠目結舌。

原來葛倫抓起地面的石頭，精準地砸中了試圖攻擊學生的魔像頭部。

在西絲蒂娜看到目瞪口呆的時候，葛倫早已加速往石像衝去，一眨眼就擋在學生與石像之間。

「你們都退開！快點！」

葛倫殺氣騰騰地大喝一聲後，原先彷彿時間暫停的學生們這才鳥獸散似地逃離魔像。

「這邊！過來這裡！我來當你的對手，你這傀儡！」

『吼喔喔喔喔喔——！』

或許是把葛倫認作新的攻擊目標，魔像高舉雙臂朝著葛倫高速襲來。

只見葛倫摘下眼鏡——

「喝——！」

迅速向前踏步的同時，葛倫使出銳利的左刺拳精準無比地命中魔像的顏面，發揮牽制行動的效果——

「——嚇！」

緊接著，葛倫打出閃光般的右直拳。

隨著葛倫右拳爆開的聲音，魔像被一拳猛烈打飛。

「——嗚咕!?」

葛倫痛苦得臉都皺成了一團。拳頭會骨折也是理所當然。這具魔像的基本材質是金屬，葛倫沒有用任何附魔強化拳頭就直接硬打。

不過那一拳的威力似乎強大到足以一擊讓人失去行動能力，魔像倒地之後就停止了運轉。

「老師！羅德同學！凱同學！」

擅長法醫咒文的魯米亞連忙上前查看三名傷患的情況。

羅德和凱雖然傷了四肢，不過基本上沒什麼大礙的樣子。

（……呼。幸好……）

西絲蒂娜鬆了口氣，跟在魯米亞身後準備去查看葛倫的時候……

（等、等一下……說到這個……）

忽然。她無意間想到一件事。

（老、老師明明是魔術師，可是他第一時間的反應卻不是使用魔術，而是丟石頭、出拳動粗……以魔術師的處理方式來說，算合理嗎……？）

雖然當時情況緊急，要說逼不得已確實也是沒錯，但是……

西絲蒂娜偷偷觀察了一下雷納多，只見他露骨地向那樣的葛倫露出不滿的表情。

葛倫則完全沒注意到雷納多的反應。

「搞什麼，我不是警告過在我回來前不准亂碰嗎！」

「對、對不起，老師……」

（感覺連說話都變回平常粗魯的口氣……用字遣詞都沒有魔術師的氣質了……）

西絲蒂娜又偷偷觀察了一下雷納多，只見他的太陽穴爆出頻頻抽動的血管，兇巴巴地瞪著那樣的葛倫。

（這樣是生氣的意思嗎!?他生氣了沒錯吧!?慘、慘了！）

西絲蒂娜慌慌張張地衝向葛倫。

「老師！過來一下——」

然而——

「啥～～？想在老媽面前表現帥氣的一面～～？拜託，你們真的很笨耶，幹嘛對魔術這種東西那麼認真啊……」

（咦，不會吧——!?慢——）

「這種無聊的東西，不值得你們不惜拿命也要打腫臉充胖子吧？」

（呀啊——!?輕蔑魔術的問題發言出現了——!?）

不妙。

不快點阻止的話會出大事的。

「老師……你的右手……」

「不用管我，一點皮肉傷而已，先看看他們兩個吧。」

葛倫沒理會上前表示關心的魯米亞，而是跪在倒地不起的羅德和凱的旁邊，開始檢查他們的傷勢。

「凱的腳應該沒事，跌倒的時候輕微扭到而已。不過羅德的手就……嘖，看起來應該是斷了，真沒辦法……」

葛倫脫掉穿在身上的長袍，兩隻手拉住衣襬——

「等一下——老師你該不會是想!?住、住手——!?」

西絲蒂娜雖出聲制止，只可惜沒有被聽進耳裡。

啪哩啪哩啪哩啪哩——！

葛倫不假思索就撕開了長袍。

（呀啊啊啊啊——!?他動手了——————!?）

西絲蒂娜抱頭苦惱。

（什麼不撕偏偏撕長袍！魔術師榮耀象徵的長袍！一定要在爸爸面前那麼做嗎!?一定要嗎!?啊哇哇哇哇哇……）

「會很痛，忍著點。」

「啊、啊嘎啊啊啊啊——!?」

葛倫技術純熟地用撕下來的長袍碎布綁緊羅德斷掉的那隻手，硬是把斷掉錯開的骨頭重新歸位。

「好，接下來請醫務室的瑟希莉亞老師施放治癒魔術即可……」

「羅德！葛倫老師！」

葛倫做好緊急處置的同時，一個疑似羅德的家長、身材略顯發福的女性衝上前來。

「對、對不起！都怪我家的笨兒子做了傻事——！」

「不，該道歉的人是我。對不起，是我督導不周。」

「快別這麼說……事情很明顯是我家的笨兒子做了多餘的事才造成的！唉，真不知道要怎麼說這個孩子……居然還害老師受傷……！」

「抱、抱歉啦，媽……老師。」

「哈哈哈，我沒事的，只是手稍微受到一點皮肉傷而已，您瞧。」

葛倫一邊哈哈大笑，一邊咬牙忍耐揮舞右手證明自己沒事。

「他們應該只是想表現神氣的一面給媽媽看而已吧，而且不用我們教訓，他們就已經有所反省的樣子，還請您息怒。」

「不過，老師你的貴重長袍……」

「咦？哎唷，那種東西說穿了不過就只是衣服。不用看得那麼嚴重的。這樣不是很蠢嗎？」

「那個……老師。不要再說了。不要再說了好嗎？」

西絲蒂娜不停擺動腦袋輪流看著葛倫和雷納多，流了滿頭大汗。

（生、生氣了……!?爸爸他整個氣炸了!?）

仔細一瞧，雷納多整張臉面紅耳赤。

（為什麼會搞成這樣!?好不容易前面進行得那麼順利!?雖說突然有狀況發生，可是老師應該可以用更妥善的方式解決問題吧!?為什麼要在最後的最後讓前面的辛苦都化為泡影呀，笨蛋笨蛋大笨蛋——！）

於是——

羅德和凱在家長和其他數名同學的陪伴下前往了醫務室。

「呼，總算搞定了。」

葛倫露出平常的本性，邋裡邋遢地把變得破破爛爛的長袍隨興披在肩上——

「啊，魯米亞。等一下麻煩幫我偷偷治療。剛才我拉不下臉來承認……其實我的手痛到我都快哭出來了……」

「老師……先關心那個吧……」

魯米亞尷尬地指了指葛倫的後面。

葛倫回頭一瞧後，似乎終於發現自己不小心露出了馬腳的事情。

「…………啊。」

看到原先表現得宛如風度翩翩的紳士一樣的葛倫，態度出現了一百八十度的大轉變，家長們無不一副深感困惑的模樣。

「呃，咳咳……」

葛倫貌似難堪地清了一下喉嚨後，轉身面對學生。

「呃，剛才我是在跟大家示範三流魔術師的行為，按理說，魔術師在碰到這種場面的時候，應該要有的正確態度是——」

「老師……這個理由也未免太牽強了吧……？」

「呃……我已經被判出局了嗎？」

「應該是出局無誤了吧……虧我拚命跟你打暗號……」

西絲蒂娜如此喃喃說道，淚水在她眼眶裡打轉，心情十分沮喪。

這時——

「……你叫葛倫是吧。」

表情像鬼一樣嚇人的雷納多逼近到葛倫面前。

「那就是你的本性嗎？」

「啊～不，那個～我、我平常會比較正經一點啦。只有一點點就是了……嗯。」

「囉嗦！是男人就不要找藉口！你那個處理方式是什麼意思!?都是因為你採取那種不符合魔術師作風的處置方式——」

眼看雷納多情緒開始激動起來——

「爸爸，先不要衝動！」

「對、對呀！請您仔細想想！老師是為了我們才——」

西絲蒂娜和魯米亞連忙想幫葛倫找台階下，但——

「結果害我沒辦法看到我們家的西絲蒂和魯米亞大顯神威的場面不是嗎!?」

「「「……什麼？」」」

雷納多那意義不明的發言讓三人都目瞪口呆。

「我本來還以為可以看到西絲蒂為了救不守規矩的同班同學，帥氣地唱咒擊倒魔像的英姿呢！你這男人插什麼手啊啊啊啊啊——!?」

（……竟然是在生氣那種事情啊。）

「還有剛才急救的時候也是，我們家魯米亞的法醫咒文和醫療技術，連一般職業級的也自嘆弗如哪！你為什麼不讓魯米亞表現!?」

（……這個大叔到底是怎樣啊……）

葛倫東張西望想要尋找救兵，可是……

「各位覺得如何？其實他可是我的愛徒葛倫呢。呵呵，還算挺帥氣的是吧？只要是為了保護自己的學生，他啊——」

瑟莉卡在一群覺得尷尬的家長中，滔滔不絕地吹噓著自己的徒弟，真不知這麼做到底是在往誰的臉上貼金——

（所以說瑟莉卡，妳快回去吧。）

葛倫深深地嘆了口氣。

這時……

「哼！雖然你有太多讓我看不慣的地方，不過——」

雷納多就像在評估葛倫有幾兩重一樣，目不轉睛地直視著他的雙眼。

「你的眼神還挺不賴的。」

「……咦？」

聽到雷納多做出意外的發言，葛倫眼睛眨個不停。

「老師。我家的西絲蒂是世上罕見的天才，所以她有時候會不知不覺得意忘形起來。」

「什麼？」

「魯米亞雖然身懷不同凡響的才能，可是她心地善良總是關心旁人更勝關心自己，缺乏主見，這樣的個性也阻擾了她的才能發展。」

「……咦？」

「麻煩你好好指導她們了。」

丟下這句話後，雷納多微微低頭行禮，旋即掉頭轉身，頭也不回地快步離去。

葛倫不懂為什麼雷納多要跟自己說這些話，正一頭霧水時——

「呵呵，他這人就是這麼彆扭。」

這時，換面露慈祥笑容的菲莉亞娜移動到了葛倫的身邊。

「老師。西絲蒂娜和魯米亞今後也有勞您多多關照了。」

「呃，那個～坦白說我不明白現在是什麼情況……那個……請問你們沒有在生氣嗎？」

「生氣？為什麼？」

菲莉亞娜輕笑道後，不可思議似地歪起了頭。

「我和我先生都沒有理由生氣呀。」

「什、什麼……？」

如此說道後，菲莉亞娜靜靜地隨著雷納多的背影離去。

「這是怎麼回事？怎麼跟我事先聽說的差那麼多……？」

「我、我也不知道……我還以為家父一定會大發雷霆的……」

於是，葛倫心中懷著疑惑，繼續未完的教學觀摩。

雖然瑟莉卡還是一樣在一旁搗亂，不過雷納多明顯變得安分了許多。

結果，今天的教學觀摩順順利利地落幕，甚至教人覺得過程平淡了點。

「……他是個好老師呢。」

教學觀摩結束後，菲莉亞娜和雷納多依偎著彼此，踏上返家的路程。

「……哼。天曉得。」

「親愛的……你該不會想起了當年的故事吧？」

「……是啊。稍微想起了在我成為官員前……還是魔術講師的時代。」

自己的心思被妻子一語道破後，雷納多稍微放鬆了嚴峻的表情。

「身為席貝爾家嫡長子的你，不甘按家族的規定規規矩矩當個魔術師，那時相當地叛逆呢。」

「……確實如此。父親……也就是西絲蒂的爺爺……固然深得我的尊敬，可是我說什麼也不願被家族束縛，只想走自己的路。」

「所以後來離家出走，想要報考官員的你，為了能先賺錢養活自己，便當上了魔術講師……」

「啊啊，就是這樣沒錯。」

「不過，或許是因為魔術講師對你而言只是墊檔的工作，所以一開始你的態度非常散漫，教得很隨便。當時我還對你的教學態度感到非常不滿呢。」

「這麼說來，那時我跟妳常常一言不合吵起來哪。畢竟妳也是正統出身自魔術師名門的大小姐……」

「當年的你啊，老實說的話……嘻嘻，對，就是個不正經的小子呢。不瞭解自己的條件有多麼得天獨厚，只是像個幼稚的小孩子一樣跟家裡唱反調。」

「……嗚。好、好啦，那是我不對……那個時候……只能說我還太年輕了……」

「不過後來你也慢慢開始認真面對講師這份工作，雖然態度和說話的方式還是一樣很差勁，可是至少都有為學生著想……在學生最需要幫助的時候，你會顧不得魔術師的門面拚盡全力……沒錯，就像今天的葛倫老師一樣。而我就是對這樣的你……」

「…………」

「呵呵呵，那個叫葛倫的老師，真的跟你年輕的時候一模一樣。也難怪女兒們會那麼喜歡他了。」

「哼，開什麼玩笑。那種胡鬧的男人跟我差得遠了好嗎？」

雷納多生悶氣似地向發出銀鈴般笑聲的菲莉亞娜回答道。

「總而言之！我是不會把我的寶貝女兒們交給那種男人的！」

「好好好。」

耳聞顯得很不悅的雷納多所說的話，菲莉亞娜只是面露溫和的表情一笑置之。

瑟莉卡

空～孤獨的魔女～

Emptiness ~The lonesome witch~

Memory records of bastard
magic instructor

在刺骨寒氣和猛烈如刀割的冷風中。

有個女子任憑一頭華麗的金色長髮在風中飄揚。

包覆著她那曲線性感身體的，是尺寸特長的黑色長袍——帝國宮廷魔導士團的禮服。長袍的下襬啪噠啪噠地隨風擺動的同時，女子只是靜靜地站在原地不動。

她的年紀應該在二十歲上下。散發出魔性魅力的臉龐，五官精緻得教人看了會起雞皮疙瘩，卻隱約帶有一絲陰沉的氣息。透過如幽靈般散亂的頭髮縫隙，可以窺見一雙萎靡不振、綻放出濃烈厭世氣息的鮮紅色眼眸。

雖然該女子同時具備了充滿生命力的年輕與迷人的美貌——可是不知何故，卻有一種年老力衰時日不多的老嫗形象重疊在她身上。

「…………」

和該女子展開對峙的，是三名和她身穿同樣魔導士禮服的魔導士。

不過三人的皮膚已經潰爛呈現土色，眼睛黯淡無光，並且身上瀰漫著一股屍臭——這三名魔導士早已變成巫妖的爪牙——變成脫離生命法則的不死者了。

出現在女子面前的那三個巫妖爪牙，生前都是女子的舊識。

直到一個月前，三人和女子還隸屬同一個組織，是同袍也是戰友。

然而，即使看到過去的同袍變成了巫妖爪牙，女子仍面不改色，沒有任何感慨。

面對變成巫妖爪牙的過去同袍，女子——瑟莉卡・阿爾佛聶亞非但不抱一絲感慨，甚至喃喃嘟囔：

「唉……瞧你們這悽慘的樣子。」

她的語氣充滿了輕蔑。

另一方面，爪牙三人則把掌心對著赤手空拳，甚至沒有擺出架式的瑟莉卡，以彷彿從地獄深淵傳出的風聲那般的聲音詠唱咒文。

他們透過生前所培養的莫大魔力，與鍛鍊得爐火純青的技巧啟動魔術。

剎那。極光的紫電、天上的業火、地獄的寒氣，徹底遮蔽住瑟莉卡的視野，隨著低頻的聲響襲向瑟莉卡，意圖將她吞沒。

「……哼。」

瑟莉卡卻只是半睜著眼睛，百無聊賴似地注視著那些一旦打中，恐怕瞬間就能把她化作灰燼的攻擊魔術——

——幾天前。

在地板上隨處可見葡萄酒的空瓶以及玻璃碎片，極度煞風景的個人臥房。

「……去解放某個被巫妖支配的村子……？哼……那就是我的下一個任務嗎？」

瑟莉卡衣衫不整地躺臥在床上，手上拿著寶石形的通訊魔導器貼在耳邊，懶洋洋地如此說道。

她穿在身上的極薄睡衣都快衣不蔽體了，豐滿的胸部和性感香肩與後頸，沒有一絲贅肉的大腿全都一覽無遺。四肢癱軟地恣意擺放，眼神混濁不清，皮膚發熱冒汗，吐息滾燙如火，嘴角掛著嬌媚的笑容……躺在床上的儼然是個墮落與頹廢至極的女人。

『沒錯。帝國宮廷魔導士團特務分室，執行者代號21《世界》瑟莉卡・阿爾佛聶亞……帝國政府相當看重這次的事件。』

透過寶石和瑟莉卡對話的人——女王阿莉希雅語氣凝重地如此說道。

『為了幫助那個村落擺脫巫妖的控制，帝國宮廷魔導士團的特務分室已經派遣了《力》、《節制》、《太陽》以及……《塔》總共四名成員去進行任務。可是直到目前為止還沒有任何成員回來，更別說接獲解決巫妖的報告了。那四人甚至都失去了連絡。』

「……哦？」

瑟莉卡微微挪動了一下身子，意興闌珊地回應。

『那四人在帝國宮廷魔導士團都是實力最頂尖的超一流魔導士。然而……雖然很難置信……不過各種跡象顯示，他們很可能已經……』

「哈哈……他們應該都被支配那個村落的巫妖給殺了吧。那也是無可奈何的啦。因為他們實力都那麼弱。」

聽到瑟莉卡那彷彿打從心底覺得可笑一樣的笑聲，阿莉希雅的語氣頓時嚴肅了起來。

『瑟莉卡，妳怎麼能說那種話。他們不是妳的戰友嗎？』

「……戰友？艾莉絲，妳會跟路邊的螞蟻當朋友嗎？咯咯咯……」

『瑟莉卡……那種看不起人的說法還是……』

「哼……弱就是弱，我這樣說有什麼不對？」

瑟莉卡向上勾起嘴角。

「……啊啊，對了對了，我想到了……說到這次陣亡的《塔》荷莉艾塔小妹妹啊，之前她吃了熊心豹子膽跑來跟本小姐提出『決鬥』呢……那次我被她搞得很不爽，就當著眾人的面把她修理得要死不活了……哈哈哈，想起來真是傑作呢！那個看似心有不甘，滿是屈辱的表情……真想讓艾莉絲也看看那一幕哪！是嗎是嗎？原來她死了嗎……堂堂『傀儡師』下場竟然這麼悽涼，實在可悲啊！」

『瑟莉卡！』

一如要安撫語氣變兇的阿莉希雅般，瑟莉卡一邊輕浮地訕笑一邊回話：

「……好啦好啦，不要生氣嘛，艾莉絲……荷莉艾塔那傢伙主動向我挑起的，是魔術師的正當『決鬥』啊……？我只是接受了決鬥而已。」

瑟莉卡的說法，就跟那些以無意義的蠻勇行徑為傲的小孩子沒有兩樣。

「她說……要來決定誰是最強的魔術師之類的……唉……那傢伙是不是笨蛋啊……？最強的魔術師當然是我啊……那傢伙跟我相比，資歷和程度根本都不是在同一個層級的……用不著交手答案就很清楚了……」

『問題不在那裡……！妳是怎麼了？瑟莉卡……到底發生了什麼事……？雖然妳從以前就目中無人，可是最近突然變得更嚴重了……』

阿莉希雅發自內心表示關心後，瑟莉卡略顯不快似地回答道：

「……哼……這跟艾莉絲妳……沒有關係吧……嗚、呵呵……呵……」

『連說話都口齒不清……妳今天爛醉的情況是不是比以往更嚴重……？我明明一直叮嚀妳不要再酗酒了……』

「不過只是喝個酒，有啥好大驚小怪的……這副該死的爛身體……跟中毒和衰弱完全無緣啊……哈哈……要是真能喝壞身子我還求之不得呢……畜生……」

『…………………』

瑟莉卡的語氣夾雜了自嘲與憤怒，從中嗅到了不對勁的阿莉希雅，語帶沉痛地喃喃說道：

『……我……沒辦法拯救妳……即使我想成為妳的依靠……可是我身為女王的特別立場會讓妳下意識地抗拒我……雖然很遺憾……可是就憑我……沒辦法碰觸到妳內心的真正世界……』

「……啊？妳在說什麼啊，艾莉絲……？」

『如果有跟妳立場對等，能無條件地陪伴在妳身旁的人……』

聽完阿莉希雅所說的話後，瑟莉卡一時之間愣住了。

半晌……

「……噗……啊哈……哈哈哈哈……啊哈哈哈哈哈哈哈哈哈哈哈哈——！」

瑟莉卡忽然捧腹大笑。

「艾莉絲妳在說什麼呀。我是『強者』。才不需要什麼人陪伴。坦白說要是有人陪我，我還覺得礙眼呢。『弱者』才需要呼朋引伴，難道不是嗎？」

『瑟莉卡……我……』

「……好啦，任務我知道了。」

瑟莉卡硬是打斷阿莉希雅的話，不讓她繼續說下去。

「巫妖……濫用魔術變成不死者的邪道魔術師……藉由吸取他人的生命來獲得虛幻的永生，醜陋又齷齪的怪物……哈哈，這傢伙還真是愈聽愈教人覺得火大哪……好吧，我瞭解了，艾莉絲……驅除害蟲的工作就交給我吧……我會讓巫妖那傢伙死無葬身之地的……」

——於是……

「——《《《消失吧》》》。」

瑟莉卡只用一句咒語就同時發動了黑魔【電離子加農砲】、【地獄火】、【零度煉獄】三種高等攻擊咒文。

凝聚成束的雷電砲擊和灼熱業火的滾燙海嘯，以及絕對零度的凍氣結界，輕輕鬆鬆就將襲向瑟莉卡的咒文往後壓回——並且反噬了那些愚蠢到向她發動攻擊的爪牙們。

三重唱。這是讓瑟莉卡・阿爾佛聶亞之所以是瑟莉卡・阿爾佛聶亞的絕技之一。

驚天動地的爆炸聲響徹了整座村落——

淪為巫妖爪牙的同袍們連一顆粒子也不剩，徹底從這個世界消滅了。

「……唉，真弱。你們實在太弱了。」

瑟莉卡輕蔑似地面露要笑不笑的表情。

「《力》伊利亞斯、《節制》托爾、《太陽》克蕾雅……怎麼，原來你們就只有這點程度嗎？也難怪你們會在這裡送命了。」

面對過去的同袍，瑟莉卡話卻說得如此殘酷。雖然親手消滅了同伴，可是她一點也沒有受到良心的苛責，也無絲毫的感慨。

「好了……」

瑟莉卡轉身背對化為焦土寸草不生的廣場，走在村莊中，往北前進。

她一路經過像是要藏住氣息一樣，把門窗關得密不通風的民房，在村長家的門前停下腳步。

「喂，村長。結束了，開門吧。」

瑟莉卡敲門後，戰戰兢兢地打開大門現身的，是個邁入老年的男子……治理這座村落的村長。

「巫妖的僕人已經全部都被我幹掉了。如此一來村子應該會平靜一陣子才是。」

「喔喔喔……怎麼可能……這是真的嗎……？不、不敢置信……沒想到真的有人能擊退那群惡魔……！村……村子有救了……！」

村長感動得熱淚盈眶。

「……真是，你也高興得太早了吧。要解決巫妖可沒那麼簡單。」

瑟莉卡聳聳肩打趣似地說道。

「巫妖……透過禁忌的魔術化身成不死族，獲取強大魔力的魔術師……說穿了就是為了永恆的生命放棄當人類的傢伙……可是嚴格說來，他們的不老不死並不完全，如果不從活人身上吸取精氣就無法維持自己的身體，說來真是一群可悲的存在。」

瑟莉卡嗤之以鼻似地說道。

「因此，他們為了取得安定的精氣來源，習慣把特定的人類聚落納入自己的支配，進而以該地做為活動據點……就像這座村落一樣。」

「是嗎……」

「話雖如此，魔術多的是殺死不死族的方法。所謂的不死族根本有名無實。不過，雖然是有條件限制的不老不死，好不容易才獲得如此能力的巫妖，應該也不願輕易就被人消滅吧？如果為了吸取精氣大搖大擺出現在有人煙的地方，被消滅的風險也會跟著提高。所以巫妖基本上都是命令自己的僕人去收集精氣。」

「僕人……嗎？」

「啊啊，沒錯。被巫妖吸過精氣的人，就會變成名叫巫妖爪牙的活屍，成為巫妖忠實的僕人。巫妖就是命令他們去收集精氣的。」

「什、什麼……照這麼說來，之前有許多村民都被巫妖擄走……他們都已經……？」

瑟莉卡事不關己般向面無血色的村長斬釘截鐵地回答：

「啊啊，他們應該都已經死了吧。不是精氣被吸光化成了人乾……不然就是變成了巫妖爪牙……反正不管怎樣，他們都沒救了。放棄吧。」

「天、天哪……那我該怎麼跟他們的家人交代……」

「天知道？就跟他們的家人說『願死者安息』不就好了嗎？啊啊，去跟帝國政府陳情，說不定還可以討到一筆喪葬費吧？要不要去陳情看看？」

瑟莉卡撥弄那一頭華麗的髮絲，彷彿在說那只是無關緊要的小事。

「總而言之，巫妖若不吸取活人的精氣，不久就會滅亡。所以他必須派出自己製造出來的爪牙收集精氣。既然如此，只要把他的爪牙通通解決掉，巫妖遲早得親自出馬收集精氣。然後等那個巫妖大搖大擺地出現在人類面前之後，再把他給殺了。這樣事件才算完整解決。」

看到瑟莉卡面露讓人寒毛直豎的冷笑，村長倒抽了一口氣。

「目前還在除光爪牙引巫妖出面的階段。嘖，雜魚還得花這麼多時間處理，所以我才討厭對付巫妖……」

「請問……有沒有可能那個巫妖怕了妳，結果逃到其他地方去呢……？」

「那是不可能的。詳細的魔術上的解釋我就省略不提了，總之巫妖會被束縛在自己轉生成巫妖的地方。他們不能離開那個地點太遠。怎麼說都是個半殘的不老不死。根據情報，那個巫妖第一次出現的地點就是這座村落……換言之這一帶就是巫妖的出生地。」

一如該講的事情都講完了一樣，瑟莉卡背過了身子。

「——狀況你都清楚了吧。先前也跟你報告過了，我得在你們村子逗留一段時間……沒問題吧？」

「當、當然了……怎麼會有問題……」

村長惶恐地回答道。

「您、您是我們村子的救世主。發揮以魔術為名的奇蹟之力，為只能活在那些怪物支配下，恐懼中的我們帶來了一線生機……我等村民都非常歡迎您的到來。」

「…………」

準備轉身離去的瑟莉卡突然停下腳步。

「拜、拜託您了……請一定要救救我們，瑟莉卡大人……」

「…………啊啊，包在我身上吧。」

喃喃自語似地如此回答後。

瑟莉卡頭也不回地從村長面前離去了。

「哼……什麼救世主……什麼我等村民都非常歡迎……全都是狗屁……！」

在前往暫時做為棲身之處，位在村子外圍的空屋途中——

瑟莉卡滿肚子火似地口中唸唸有詞，一腳踹破路邊的壺。

「居然能臉不紅氣不喘地說出那種口是心非的話……！」

瑟莉卡早就發現了。

自己並沒有受到村民歡迎。他們對她的恐懼，大概就跟對巫妖和他的爪牙一樣強烈……甚至有過之而無不及。

瑟莉卡昨天才抵達這座村子，不過村民碰到瑟莉卡時，那個冷漠和恐懼的態度倒是表現得非常露骨，根本連掩飾都懶。如果瑟莉卡像這樣在村子外頭走動，幾乎所有人都會關在家裡，門窗緊閉得密不通風。

而且今天瑟莉卡毫不留情地就收拾掉了過去的同袍，想必村民對瑟莉卡的恐懼與嫌惡只會有增而無減。這群人實在看了就教人火大。

「……明明是一群連自己都保護不好的『軟弱』廢物……！」

當然就某方面而言，有些部分也是無可奈何。對過著一般生活的平凡人來說，魔術是他們一輩子都沒看過和接觸過的東西，甚至在許多人的認知中，魔術是惡魔的力量。所以能隨心所欲使用那種力量的魔術師，一直都是他們害怕的對象。

可是，這裡的村民表現出的態度不只是這樣而已——

「……難道說我的惡名甚至傳到這種偏遠的村落來了？」

昨天，瑟莉卡親耳聽見有村民遠遠地看著她，交頭接耳地說出了那個名字。

人稱『灰燼的魔女』，瑟莉卡・阿爾佛聶亞。聽說那個魔女肆虐過的地方，會連一粒灰燼也不剩……散播破壞與死亡的掃把星。

尤其在這種對魔術沒有免疫，而且一無所知的偏僻村落，對村民來說，瑟莉卡和巫妖或許是半斤八兩的存在也說不定。

「……哼，無所謂。反正我本來就不期待他們會對我心懷感謝。只要有東西能讓我破壞就夠了。用醞釀多時的強大力量幹掉一大群愚蠢的雜魚，那個感覺真的挺爽快的呢……這次我也要好好玩個痛快……」

然而——

話雖這麼說，瑟莉卡的表情卻不是那麼一回事，顯得怏怏不悅。

「……嘖。」

當瑟莉卡暴躁如雷，心浮氣躁似地啐了一聲準備走人的時候——

「欸，大姊姊！」

突然有一道尖銳的聲音叫住了瑟莉卡。

「姊姊，妳就是來解救我們的『正義魔法使』對吧!?」

瑟莉卡不耐煩地轉頭一瞧，原來是個小孩子。

約莫十歲上下，年紀還很小的少年。

「……你是誰啊？」

「我？我叫葛倫。葛倫・雷達斯！」

少年睜著骨碌碌的大眼睛，回答悶悶不樂地查問他身分的瑟莉卡。

「…………」

瑟莉卡這才想起，昨天在那群沒一個願意正眼瞧瑟莉卡一眼的村民中，好像只有這個少年用充滿憧憬的眼神一直盯著她。

「你……不怕我嗎？」

瑟莉卡冷冷地瞪著那個名叫葛倫的少年。那雙如血液般鮮紅的眼睛，尖銳得就像用視線也能殺死人一樣，一般人的話恐怕早就忍不住別開目光了。

「咦，為什麼要害怕？大姊姊妳不是來保護我們的嗎？妳一定很善良吧？我看得出來！」

即使瑟莉卡試圖嚇唬他，葛倫還是一樣笑得天真無邪，眼睛一直注視著瑟莉卡。

「剛才我爬到樹上遠遠地都看到了！姊姊妳三兩下就輕鬆解決了平常從我們村子把人擄走的壞蛋不是嗎？嗯，姊姊妳果然是來解救我們的『正義魔法使』啊！對吧!?」

看到那少年那懵懵懂懂、腦袋空空似的笑容……瑟莉卡突然感到火冒三丈。

她在衝動的驅使下延遲發動預唱咒文。

下個瞬間，跳過詠唱步驟直接發動的爆炎咒文，一口氣吞沒了少年。

火柱直衝雲霄，爆炸的巨響震撼了村莊。

不久後翻騰的大火熄滅，火粉被風吹得一乾二淨，陣陣的濃煙消散——

雖然四周被大火燒得滿目瘡痍，坑坑洞洞……唯獨少年毫髮無傷，只是一愣一愣地呆站在原地不停眨眼。

「快滾。下一發就會打中你了喔？我最討厭像你這種讓人心煩的小鬼頭。」

瑟莉卡用讓人不寒而慄的低沉語氣恐嚇葛倫。

然而——

「嗚哇！好棒！好棒喔！大姊姊真的好酷！」

葛倫的反應卻是拍手叫好，出乎瑟莉卡的意料之外。

「剛才那招就是『魔法』嗎!?我曾在繪本看過！『魔法』無所不能！可以保護所有人，讓大家都得到幸福！好好喔，好厲害，真的是太帥了！真希望我也能有那樣的力量～！」

「……該死的小鬼。」

看到葛倫那不識好歹的模樣，瑟莉卡的煩躁程度瀕臨爆發的極限。

「欸，大姊姊！『魔法』還能用來做什麼事情呢？表演給我看，表演給我看啦！好不好嘛，拜託啦，快點表演一下！」

葛倫就像在吵著要點心吃一樣，纏著瑟莉卡不放。

葛倫看著瑟莉卡時，他的眼神是那麼單純又率直……

那雙眼睛深信瑟莉卡是來解救他們的『救世主』，是出現在繪本裡面的『正義魔法使』，沒有絲毫的懷疑，並且閃耀著憧憬的光輝。

這教瑟莉卡打從心底感到煩悶。

「…………！」

不知何故。

瑟莉卡真的再也無法，繼續忍受那道純潔無垢的視線。

——等她回過神時——

「——啊嗚!?」

被擊飛的葛倫發出小小的哀號，在地上打滾。

「……快滾。小心我殺了你。」

瑟莉卡她——毫不留情地一腳踹開了葛倫。

「哼，可憐的東西……」

睥睨葛倫四腳朝天的狼狽模樣後，感覺出了一口怨氣的瑟莉卡，心滿意足地掉頭轉身準備離開。

不過——

那個痛快的感覺只維持了短暫的一瞬間。

「……咳……好、好痛……好痛啊……為……什麼……？」

瑟莉卡聽到背後傳來葛倫那傷心又痛苦的呻吟。

「…………!?」

她的內心頓時充滿夾雜了焦慮與悔恨的惡劣感覺。

「……大、大姊姊……妳不是……要來保護、我們的……正義……魔法使……嗎……？」

她已經忍無可忍。沒辦法在這裡繼續多停留一秒鐘的時間。

「——～～～～～！」

瑟莉卡轉過頭背對少年，一如要逃開什麼東西一樣拔腿狂奔。

「可惡……可惡！那個小鬼……！別鬧了……！不要用那種眼神看我……！這樣會害我想起來的……！害我想起那•傢•伙的事情……！畜生……！」

瑟莉卡一邊健步如飛地在村子裡狂奔，一邊自言自語……沒有任何人聽見她的獨白。

……

…………

……我做了個夢。

從那天起，我已經做過了無數回那個夢。

那是距今兩百多年前的事。也是我在這個世界『醒來』之後過了約兩百年所發生的事。換句話說，那件事差不多就發生在我這四百多年旅程的中半段。

地點是在一切都化成焦土，飽受詛咒的瘴氣汙染的戰場。

我和那名少女，就處在那一如具體呈現出末日景觀的世界中。

「……妳……妳辦到了呢……瑟莉卡……」

如此喃喃自語的那名少女渾身是血，有氣無力地躺臥在大地上。

她的劍一如墓碑般豎立在身邊。

那名少女雖然身受不管用什麼魔術醫治都回天乏術的致命傷，但還是一邊咳血，一邊笑咪咪地跟我說話。

「……終於……打……敗了……外……邪神……呢……啊哈、哈……瑟莉卡妳……真的……好厲害……妳果然是……正義、的……魔法、使……咳咳……」

無論是挺過絕望戰鬥的餘韻，還是勝利的榮譽，那些對我來說都沒有意義。

「……拜託妳……不要死啊……艾麗……」

我只是握著那個少女——艾薇特的手，淚水止不住地奪眶而出。

我平時一直掛在臉上的冷酷假面具早就脫落了。

「求求妳別死……不要丟下我一人……要是沒有妳，我……我——！」

「瑟莉……卡……抱……歉……我……已經……撐不、下去了……」

艾薇特應該不是害怕死亡所以才哭。而是因為她死了之後我將孑然一身，她對此感到過意不去，才會哭的吧。

因為那傢伙——艾薇特真的是個無可救藥的濫好人。

「不要說那種話……不要說那種話……！再像以前一樣陰魂不散地糾纏著我啊……！雖然過去我總是冷落妳……可是其實……其實我……！」

我把艾薇特的手握得更緊了。彷彿試圖藉著這樣的行為，把即將踏入另一個世界的艾薇特綁在這個世上一樣。

身為操控世界邏輯的魔術師，這般感情化的行為是如此滑稽又悽涼。

即使如此，我還是用力握住她的手，我沒辦法不這麼做。

「我再也不要一個人了！就算會讓我覺得鬱悶或心煩……有人陪伴總比孤單一人好……！我已經受夠孤單的感覺了……所以——！」

我已經不在乎什麼面子了。

也顧不得身為世界最強的第七階級魔術師的矜持了。

我只希望這世上唯一一個、願意真心對待我這個不正經傢伙的朋友，能夠不要死去——可笑的是，直到我快失去她了，我才發現原來自己對她抱有好感——所以我像個小孩子一樣無助地哭著。

「拜託……不要丟下我一人……我……喜歡妳啊……」

「……………我早就知道……了……啊哈哈……妳啊……就是愛面子……固執……個性乖……僻……」

就像在安撫小孩子一樣。

艾薇特面露笑容，伸出顫抖的手輕碰我的臉頰。

「不過放心……吧……瑟莉卡……妳其實是個……內心溫柔的人……總有一天……一定、又會有人……陪伴在妳身旁的……」

「那是不可能的！在遇見妳之前，我一直都是孤身一人啊!?」

從當時計算，約兩百年前。若從現在計算，就是約四百年前。

有一天我突然醒來，發現自己身在某個被火燒得一片荒蕪的荒野之中。我是什麼人……之前又做過什麼事情……除了名字以外，我完全想不起來。

不過，我剛在這個世界『醒來』的那段期間……其實日子過得倒也不壞。

我認識了一群算是朋友的人，也像一般人一樣有戀人相伴。也曾在戀人的懷抱裡甜蜜地享受過身為女人的幸福時光。

直到……有一天我接受了某個魔術的身體檢查。

在我的年齡完全不會增長，擁有不明的不老體質的事情曝光之後——

每個人都對我心生嫌惡，從我的身邊離開了。

就連曾跟我耳鬢廝磨互訴永恆的愛，發誓將來要白頭偕老的對象，也辱罵我是怪物，從我的面前離去。說來諷刺，這件事就發生在那件原本要穿在我身上的結婚禮服，即將終於要縫製好的時候。那是我頭一回哭得那麼悲慘。

少數不嫌棄我的體質，願意留在我身邊的人，也都無法違逆世上所有生物的命運，他們不敵歲月的摧殘年老力衰最後死去，從此消失。至於……站在墓碑前為他們弔祭的我……則一如那個可恨的身體檢查結果，完全沒有變老的痕跡。

那還不是最糟的情況，隨著時間的過去，當我漸漸嶄露頭角成為與眾不同的魔術師，旁人無不對我那過於強大的力量感到忌憚、嫉妒以及排斥，我受到孤立的情況愈發嚴重。

「除了妳……怎麼可能還有其他人……願意陪伴在我這種人的身邊……！」

我——一直以來都很孤獨。

而且今後肯定也會繼續孤獨下去——

「可惡……！早知道會這麼痛苦……一開始我就不該……！我就不該跟任何人接觸……不該跟任何人相處的……！自己一個人活著就好了……！為什麼我——要跟妳這種——！」

「……瑟莉卡……對不起……真的……對不起……」

即使我是到了這個關頭仍滿腦子只想到自己的爛女人，艾薇特還是放不下將被單獨留在世上的我，為我流淚。

…………

然後，畫面在這裡突然暗了下來。

不容任何一線光芒射入的黑暗，介入了我那飄蕩在夢之泡沫中的意識。

…………

……如果是在平常的話，夢會在這裡結束。

然後那傢伙被我牢牢握住的手會慢慢在我的掌心變得冰冷……即使我再怎麼用力緊握那隻手，試圖留住她的溫度，它還是不斷從我指縫間溜走……當她的體溫完全自我掌心流失殆盡的時候——

我就會從睡夢中醒來。

我醒來的時候，總是會因為難以承受的失落感，以及對我那自私到……在那傢伙臨死前還只能說出那種傷人話語的羞愧感，而產生嘔心想吐的不舒服感覺。總是會受到「就算是那傢伙，恐怕在臨死前也對我心灰意冷了吧」這種懊悔與空虛感的煎熬。

然後——整個晚上我都將難以再入眠，孤獨地度過漫漫長夜直到天明。

……如果在平常的話是如此。

…………

可是——

這天卻一反常態。

（…………咦？）

我掌心裡的溫度……沒有消失。

不管過了多久，那個溫度還是留在我的掌心裡。

明明四周就像往常一樣變得一片漆黑，我也看不見那傢伙的臉了。

可是我的手裡……確實感受得到溫度。

（……艾薇……？）

這感覺就彷彿那傢伙真的回到我的身邊一樣。

雖然這樣說根本是自我感覺良好……不過，似乎就像那傢伙願意原諒我了一樣。

（……………啊……）

原本往上浮起快要覺醒的意識再度緩緩下沉。

宛如躺在搖籃裡搖來搖去般，一股安心感油然而生。

漸漸下沉。

……漸漸下沉。在溫暖的包覆下，漸漸下沉。

那一天。

……我陷入久違了好幾百年的沉眠。

…………

……

……小鳥的啼叫聲隱隱地刺激著意識。

眼皮感受到了晨間斜照的陽光。

「……嗚。」

慢慢醒過來的瑟莉卡頂著一團混亂的腦袋確認自己的狀態。

這裡是分配給短暫停留在這座村莊的瑟莉卡做為棲身之處的小屋。是棟空間狹小而且設備相當簡陋的煞風景木造小屋。瑟莉卡似乎就坐在小屋裡的椅子上，趴在桌面睡著了。

瑟莉卡趴在桌上迷迷糊糊地回想──

（……昨晚……我做了什麼事情啊……？）

朦朧的睡意漸漸消散的同時，昨夜的記憶跟著慢慢回來了。

（啊啊……對了……都是因為我又想起那傢伙的事情，所以才……）

箍住心靈的束縛難得鬆開了。這種情況偶爾也會發生。一旦感情像那樣失控，瑟莉卡就會無法控制住自己。

所以昨晚她才會一個人趴在桌上不停抽噎。

然後哭累睡著了。

後來連那傢伙──艾薇特也出現在夢境中，讓瑟莉卡在夢裡也哭了。

想到自己昨晚像個小女人一樣，瑟莉卡就覺得難堪。無論是『灰燼的魔女』這個別稱，還是帝國宮廷魔導士團最強與威震八方的代號《世界》都為之哭泣。

村子裡有瑟莉卡親手設下的結界，並且跟瑟莉卡的感覺直接連繫在一起。所以如果有人自外面入侵，不管瑟莉卡睡得再熟，都能立刻醒來處理。

話雖如此……

（唉，瞧我這窩囊的樣子，前景堪憂啊……）

瑟莉卡趴在桌上恍恍惚惚地這麼想。

不過醒來的感覺非常舒服。腦袋已經很久沒有這麼輕快了。雖然或許是睡姿不端正的關係，全身上下都有痠痛的地方……可是有好幾年沒像這樣迎接清爽的早晨了。

想必都是現在還殘留在掌心裡的溫度所帶來的正面影響吧。

（好溫暖……應該是這個溫度的幫助，我才……）

……慢著。

好像不太對勁。

出現在夢境中的溫暖還殘留到現在？這怎麼可能。

「～～～～!?」

原本還舒舒服服地沉浸在朦朧中的意識一口氣清醒，瑟莉卡立刻抬起脖子。

只見在桌子的另一頭。

昨天的少年——葛倫坐在椅子上，跟瑟莉卡一樣趴在桌面上睡覺。他伸出來的那隻手……

跟瑟莉卡的手握在一起。

「什麼──────!?」

瑟莉卡反射性地把手往回縮，從葛倫的手中抽出自己的手，猛然站了起來。不知道是什麼時候披覆在她肩膀上的毯子，也滑落到地上。

把手抽走的瞬間，她所感受到的溫度也理所當然地瞬間消散。

瑟莉卡全力壓抑內心的遺憾，向葛倫怒吼：

「喂！你這小鬼！怎麼會跑到這種地方來……!?」

「……嗯……？」

手突然被甩開，再加上被大聲怒吼，即使葛倫睡得正熟，也很難不醒來。

葛倫睡眼惺忪地揉著眼睛抬起頭，向上轉動眼珠看著瑟莉卡。

「啊……大姊姊，早安……」

「問安就免了！回答我的問題！你為什麼會在這裡!?」

瑟莉卡歇斯底里地逼問。

「為什麼嗎……雖然昨天和大姊姊分開的時候……大姊姊的樣子非常可怕……可是……看起來卻也……非常痛苦的樣子……我一直覺得在意……」

葛倫低聲下氣地慢吞吞地說道：

「然後我看大姊姊的小屋門沒有上鎖，而且也沒關好……我從門縫偷看，發現大姊姊趴在桌子上睡著了……好像還邊睡邊哭……不斷發出呻吟……所以我就……」

瑟莉卡感覺得到血液正往腦門直衝。

自己掩藏多時的『軟弱』部分，居然被這種乳臭未乾的小鬼給撞見了。

對於自負比任何人都『強勁』的瑟莉卡來說，這是最大的屈辱。

「誰准你進來的！少多管閒事！一定要被宰一次才能學到教訓嗎!?」

瑟莉卡伸出手朝著葛倫作勢恫嚇。

那隻手是位置更靠近心臟的左手——專門施放魔術的手。

只要瑟莉卡狠下心，葛倫就沒命了。反正只要向上頭報告說自己在對抗巫妖的時候礙於情非得已殃及了無辜民眾，就不怕會受到任何譴責。少年的生殺大權完全操控在瑟莉卡的手上。

然而——

「……那可不行啦……因為……大姊姊待在我們村莊的期間，我被指派要照顧妳啊……」

「啥!?又沒人拜託你做這種事!?少雞婆了！」

「而且大姊姊……妳受傷了耶……我有些放心不下……」

「——!?」

仔細一瞧，瑟莉卡的左手手腕纏繞著止血用的藥草和繃帶，不過那包紮技巧看似笨拙。

這教瑟莉卡又想起一件事。

昨晚她克制不住衝動，沉迷在嚴重的自殘行為裡。

用小刀輕輕劃開手腕放血。一刀接著一刀。疼痛和沿著手腕流下的溫熱鮮血，能幫助瑟莉卡短暫忘卻在心底翻騰的各種負面情緒——

這樣的自殘行為就好比瑟莉卡的習慣。怎麼樣也戒不掉。

其實這對魔術師來說，不過是只要唱個治療咒文就能不留痕跡地痊癒的小傷。

不過葛倫似乎格外擔心瑟莉卡。從傷口的包紮，可以明確感受得出來他對瑟莉卡的關懷。

雖說瑟莉卡又哭又呻吟，要一整晚都握著別人的手睡覺，也不是一件容易的事情。至少瑟莉卡自己絕對不會為別人做這種事。

「……為什麼你要對我這麼好……我可是對你做了很過分事情的差勁女人喔……？」

「呃……因為我沒辦法丟下妳不管……不知道為什麼……我就是沒辦法把大姊姊……當作跟自己無關的人……」

葛倫吞吞吐吐地回答瑟莉卡的問題。

「大姊姊……妳一定經歷過什麼痛苦的事情吧……？我可以感覺得出來……妳因此難過而

寂寞……卻又不知該如何是好……所以才……」

「什麼————!?」

葛倫毫不委婉的發言，讓瑟莉卡的腦袋又沸騰了起來。

「胡說八道——你懂我的什麼!?」

瑟莉卡沒有發現自己是因為被踩中了痛處所以才情緒激動，只見她大步走向少年，一把抓住他的胸膛，激動地大聲嚷嚷：

「你知道我活了多久嗎!?四百年哪!?四百年！你能想像嗎!?我孤單一人活了這麼漫長的歲月到底是什麼心情，你能想像得到嗎!?」

「大、大姊姊……？」

「哈……既然如此何不乾脆早點死一死？啊啊，是啊！自殺的念頭我早就動過好幾次了！可是——我就是不能死啊！我的心底一直有道聲音！那道聲音告訴我什麼『妳還不能死』，『妳有必須完成的使命』，『那是非常重要的事情』……可笑的是，我想破頭也想不出來那個非完成不可的使命到底是什麼！我失去了四百年前的記憶！我是什麼人，我做了什麼，我打算完成什麼——直到現在我還是一點印象也沒有！卻偏偏我心裡充滿了一股無處可發洩、意義不明的使命感——所以我就算想死也不能死啊!?」

周遭一片安靜。

瑟莉卡一鼓作氣把話說完後，凝重的寂靜籠罩了四周。

不久，意識到自己說了什麼話的瑟莉卡，不禁自嘲似地發出乾笑。

「……哈哈、哈……我在胡言亂語什麼……呆子嗎……」

瑟莉卡放鬆抓住葛倫胸膛的力量。然後她精疲力盡似地在椅子坐下，左手摀著臉，有氣無力地抬頭朝向天花板。

「……你懂了吧……？我就是這種腦袋不正常的神經女人……不要再理我了……拜託……」

「大姊姊……」

此時，瑟莉卡深信名叫葛倫的這名少年，往後肯定再也不會出現在自己面前。如果她是這名少年的話，縱使是奉命來當隨從，自己會奉陪這種腦袋異常歇斯底里的女人？……那是不可能的。

然而……

「我也說不上來……可是我能理解。」

少年葛倫還是留在原地沒有離去……

「雖然我不曉得大姊姊的使命是什麼……可是妳的寂寞和痛苦……我沒來由地……可以理解……因為一個人就是會感到寂寞吧……？」

而且他還定睛注視著瑟莉卡如此說道。

「……你說夠了沒有，小鬼。少用一副自以為很懂的口吻……」

整個人如油盡燈枯般，瑟莉卡看也不看葛倫一眼喃喃嘟囔道：

「你怎麼可能會理解……你先獨自一人活過四百年試試看吧……」

「我就是理解啊。」

葛倫的語氣十分誠懇，沒有一絲矯揉造作。

「因為……我也是孤零零一人……」

「…………」

「爸爸媽媽在我年紀更小的時候，就感染流行病去世了……大家害怕我也會傳染流行病……所以都排擠我……從那天開始，我就都是一個人了……」

「…………」

「連我都難受、寂寞到很容易因為一點小事情就想哭了……所以大姊姊妳的痛苦一定比我強上好幾十倍、好幾百倍吧……」

兩人之間籠罩著一股沉默。

雖然一觸即發的緊張感已經消失了……不過那股沉默瀰漫著一種說不上來的悲哀。

一會兒後——

「……我改天再來，大姊姊。」

「……煩不煩，別再來了。」

葛倫轉身背對出聲表示抗拒的瑟莉卡，往小屋的門口移動。

「大姊姊妳要打起精神……我願意做任何事情幫助妳恢復元氣的……」

葛倫從半開的房門探出半張臉，注視著瑟莉卡。

「…………………」

瑟莉卡什麼話也沒說，只是心不在焉地看往其他地方，視線飄忽不定。

彷彿依依不捨似地，房門「碰」的一聲關上。

即使少年的氣息完全從這一帶消失……瑟莉卡依舊沉默不語。

之後——

瑟莉卡每天都默默地戰鬥著。

由過去的村民所變成的巫妖爪牙不分晝夜，每天都為了收集精氣向村莊發動攻擊。

村民在轉變成巫妖爪牙後力量有了大幅的成長，已非常人可以比擬。如果一般人碰上他們，肯定根本無力反擊，將被大卸八塊。

然而，即使是如此凶猛的巫妖爪牙，也完全不是帝國宮廷魔導士團最強的魔導士——瑟莉卡・阿爾佛聶亞的對手。戰局呈現出單方面的殺戮態勢，反而讓人覺得被教唆來攻擊村莊的那些爪牙比較可憐。

而且現在攻擊村莊的爪牙生前全都是村民。所以嚴格說來……瑟莉卡第一天秒殺的那三個前魔導士還算是比較強的爪牙。

（不過，好像有什麼地方怪怪的……算了，怎樣都無所謂……）

雖然這些巫妖爪牙讓瑟莉卡感到有些不太對勁……不過她也懶得去思考問題在哪，只是淡然地繼續戰鬥。將巫妖爪牙一一殲滅。

看到瑟莉卡毫不猶豫地消滅過去的村民，而且全然不受良心苛責的模樣，這個村子裡的人愈來愈害怕她，對她敬而遠之，並且在背地裡說她的壞話。而瑟莉卡也跟之前一樣，對那些村民心懷不滿，愈看愈不順眼。

然而——

在整個世界被染成了火紅色的日暮時分。

「哼……」

一如既往，在瑟莉卡的咒文攻擊下，巫妖爪牙瞬間化成了一團灰燼。

背對隨風四處飛散的灰燼，瑟莉卡踏上歸途。

沒有人向瑟莉卡道謝。

瑟莉卡行經空無一人、氣氛寂寥的村莊道路，前往做為平日棲身之處的小屋。

她們也沒敲直接推開房門，進入屋子。

於是——

「瑟莉卡，歡迎回來！」

葛倫臉上堆起笑容迎接瑟莉卡。

「……你這笨蛋。我不是警告過你，當敵人來襲的時候要去地下室躲起來嗎……雖然這間小屋的附近基本上有設下避魔的結界，不過還是不能掉以輕心，這我說過好幾次了吧……」

葛倫面露開心的笑容，相較之下瑟莉卡的語氣則顯得冷淡無比。

「沒問題的啦！因為有正義魔法使瑟莉卡在保護這座村落啊！」

「…………唉。」

只要有瑟莉卡在就沒什麼好害怕的了。

瑟莉卡向對此深信不疑的葛倫嘆了口氣。

「要我說幾次，我是魔術師，才不是什麼魔法使。而且魔術不是萬能的。」

「嗯……我不是很清楚差別在哪耶……」

「我舉個超級淺顯易懂的例子吧，好比說撐傘在天空飛行，或者拍拍口袋從中變出餅乾來，這種『不可思議的力量』就叫『魔法』。透過魔術式和咒文對世界法則進行介入和運算，進而以理論的方式創造出餅乾，或者操作風和重力以力學的方式在空中飛行，這種『技術』就叫『魔術』。前者沒有任何邏輯可言，只存在於童話故事之中；後者有系統性的邏輯，只要記住方法，任誰都可以使用。」

「啊哈哈，那麼艱澀的問題等一下再討論，先吃飯吧，瑟莉卡！今天我嘗試做了香菇濃湯喔。我對這道作品還挺有自信的喔！」

眉飛色舞的葛倫替爐灶生火，開始替事先已做好裝在鍋子裡帶來的濃湯加熱。

不久——

瑟莉卡和葛倫面對面地坐在桌子的兩側開始用餐。

「欸，瑟莉卡……好吃嗎？」

「普通。」

雖然口頭上回答得很冷漠，瑟莉卡拿著湯匙的手卻從來沒有停止動作，一口接著一口默默地喝著濃湯。葛倫笑咪咪地看著瑟莉卡大吃特吃的模樣。

「……哼。」

瑟莉卡就像在生悶氣一樣把頭撇向一旁，徹底無視葛倫。

喀、喀，食器輕輕碰撞的聲響在屋內繚繞。

雖然兩個人都沒有說話……可是那個沉默卻讓人感覺平靜，一點也不會凝重。

（……不知道我有幾十年沒像這樣，跟人一起吃一頓暖呼呼的飯了……？）

用湯匙把濃湯舀進口中的同時，瑟莉卡驀然想起這個問題。

我改天再來。

葛倫遵守了那個宣告，從那天起每天都來瑟莉卡住的地方報到。瑟莉卡感到不可置信。尤其在那個糟糕透頂的邂逅隔天，看到葛倫又出現在自己面前的時候，瑟莉卡驚訝得連嘴巴都閉不起來。

而且，不管怎麼恐嚇和嚴厲拒絕，甚至有時候還使出了暴力手段……葛倫隔天仍會出現在瑟莉卡面前，彷彿什麼事情都沒發生過一樣。

再加上，他還會像這樣很勤勞地在各方面把瑟莉卡照顧得無微不至。

瑟莉卡脾氣再硬，最後也認輸了，讓葛倫自由進出小屋。

（……說也奇怪。自從這個煩人又雞婆的小鬼不請自來後……我對於每晚的酗酒和自殘行為，還有把怒氣發洩在東西上的習慣……忽然都提不起勁了……）

原本飽受摧殘、滿是裂痕，並且乾旱枯竭的心，就像塗抹了治療的軟膏一樣得到滋潤，變得柔軟許多。雖然一想到不明的使命感和自身的不老體質還是一樣會感到焦躁……不過至少瑟莉卡已經冷靜到不需要靠破壞的行為，來讓自己轉移注意力的程度了。

（難道說……這樣的生活讓我覺得很舒適嗎……？）

瑟莉卡懷著奇妙的心情捫心自問。

她一下子就有了答案。

（唉……我想我應該是覺得很舒適吧……這實在欺騙不了自己……因為……這個溫暖的感覺和那傢伙……艾薇特活著的時候……）

瑟莉卡忍不住眼眶一紅。

「……瑟莉卡，怎麼了？」

敏感地察覺到瑟莉卡心境變化的葛倫擔心地詢問道。

「笨……沒什麼啦……不要看我……」

瑟莉卡連忙遮住自己的眼睛。

「喂……不要管我的事情了，你看看你，臉頰髒兮兮的……」

像在轉移焦點般，瑟莉卡用生氣的口吻說道，拿起了餐巾。

「真是的。喂……你不要亂動。」

「……嗯。」

瑟莉卡伸長手，替坐在桌子正對面那一側的葛倫擦嘴。

「好，擦乾淨了。看你平時好像挺懂事的，在這方面還只是個小鬼嘛。」

「……啊。」

葛倫嚇了一跳似地輕輕叫了一聲。

「瑟莉卡……妳笑了？」

「…………!?」

「瑟莉卡妳平常不笑的話，是個漂亮到讓人覺得可怕的超級美女……一笑就超可愛的呢！」

「……………臭小鬼想學大人花言巧語。你還早十年呢。」

雖然瑟莉卡試圖用凶狠的眼神恐嚇，不過八成一點說服力和威嚴都沒有。因為她現在的臉紅得就像剛煮熟的章魚一樣。

「啊，對了。話說回來……工作的狀況如何？瑟莉卡。」

和努力想掩飾難為情和內心悸動的瑟莉卡相反，葛倫一直都很天真無邪。

「咳咳……啊～應該快平定下來了才是。」

瑟莉卡讓心情穩定下來，開口說道。

「綜合累積至今的巫妖爪牙擊破數量、下落不明的犧牲者數字、爪牙的分配方式等資料來判斷……敵人手上的棋子應該快用光了。過不了多久就會親自來襲擊這座村莊了吧。只要徹底幹掉那傢伙就結束了。」

「是嗎……再不久我就要跟瑟莉卡說再見了呢……」

「……………」

瑟莉卡之前一直避免去想這個問題……不過簡單地說，就是這麼一回事吧。

她和這個名叫葛倫的少年的奇妙生活……馬上就要結束了。

到時她將再回到原本的孤獨處境。

「瑟莉卡離開後……我又要寂寞了……」

屋裡瞬間瀰漫起極其哀傷的氣氛。

少年的喃喃自語就像在代替瑟莉卡說出心裡話一樣。

瑟莉卡內心裡確實有道捨不得這樣的生活就此畫下句點，還想繼續延長下去的聲音。

……所以——

這句話一定是瑟莉卡在下意識的情況下脫口而出的。

「吶……等這場戰鬥結束後……你……要不要來跟我一起生活？」

「……咦？」

葛倫呆若木雞。

瑟莉卡猛然回神。

「……不，當我沒說……忘了吧……」

我到底在胡言亂語什麼？對方不過是還這麼小的小孩子。

瑟莉卡抱頭趴在桌上，大大地嘆了口氣。

別人只不過稍微對我好一點，我就得寸進尺了？……再怎麼花痴也該適可而止。

（追根究柢，這小子對我來說算什麼？朋友？……不對。內心有道聲音在排斥我用朋友的距離感來敷衍……難道是戀人？我迷上了這小子嗎？我希望他當我的伴侶嗎？所以才希望他可以跟我在一起？……不可能，我才不是那樣的變態，對方還是乳臭未乾的小鬼哪……）

當瑟莉卡一個人苦悶地自問自答的時候——

「……可以嗎？我可以和瑟莉卡一起住嗎？」

葛倫猛眨眼睛，向瑟莉卡確認。

「啊……不……抱歉……那是我一時口誤，或者說沖昏頭了……」

瑟莉卡視線飄忽不定，口中唸唸有詞，可是葛倫沒把她說的話聽進耳裡。

「謝謝，我好開心……我也希望能永遠跟瑟莉卡在一起……」

葛倫面露幸福洋溢的笑容。

「因為……一直以來我都是一個人……從以前就很渴望『家人』了……所以……可以跟瑟莉卡成為『家人』……我真的很開心……」

「啊……」

瑟莉卡被葛倫那燦爛的笑容迷得渾然忘我。

原來如此，家人嗎？

這個答案完全填滿了疑問的空欄。

在這世上唯一一個可以將好幾百年的歲月所造成的內心裂縫填補起來、無可取代的東西。

「說得也是……你跟我當家人嗎……或許也不錯……吧。」

瑟莉卡的嘴角浮現笑意。心中有一股溫暖的感覺逐漸化開。

「欸，瑟莉卡……等我們正式成為家人後……教我魔術好嗎！」

「哼，魔術可沒你想得那麼簡單，不是懷抱夢想就能成功的喔？」

「放心吧！我會好好學的！我想要成為跟瑟莉卡一樣的魔法使！」

「就說我是魔術師，不是什麼魔法使了……算了，隨便啦。」

瑟莉卡懶得計較似地面露溫和的笑容。

……總有一天。

自己一定會後悔今天所做的選擇吧。那是不可避免的未來。

畢竟這名少年和自己所生活的時間軸不同。遲早有一天，這名少年會從眼前……一下子就消失不見。

不過，對遙遠未來的事情心懷恐懼，得過且過地虛度當下……好像也不是什麼明理的做法吧？

過去的自己已經親身實際證明過這個事實了，不是嗎？一直以來因為害怕終將離別的痛苦選擇孑然一身，下場又是如何？有得到救贖嗎？幸福嗎？

（把握當下……這樣的生活方式又有何不可呢……）

即使不久之後又分離，曾經一起生活過的事實和回憶也不會消失。

雖然不知道這個地獄會維持到什麼時候……可是只要有美好又溫暖的回憶相伴，自己一定可以永遠活下去。直到最後。

（……我也試著和別人一起活在當下吧……一起流下淚水，一起歡笑，直到結束的那一刻……）

那一天。

孤獨生活了好幾百年的魔女，終於打破了內心那牢固的懦弱一面，成功邁入了全新的境地。

…………

……所以——

雖然早就明白遲早有一天會為今天所做的選擇感到後悔，可是瑟莉卡再怎麼樣也萬萬沒想到——那一刻竟然會在隔天就到來。

「到底是怎麼一回事!?」

要脅所有村民到村子裡的廣場集合的瑟莉卡，情緒激動地抓起村長的胸膛。

「葛倫……那傢伙被爪牙抓走了？這怎麼可能！」

那一天。

和一如既往襲擊村莊的巫妖爪牙展開對峙的瑟莉卡，按照慣例把他們吸引到村子，然後老樣子瞬間將其秒殺。

完成一天的工作後，她意氣風發地返回葛倫做好飯菜等她回來一起用餐的小屋。

可是今天卻一反常態，小屋空無一人，整個村莊都不見葛倫的人影。

心生不祥預感的瑟莉卡拚了命找遍整個村子，最後得到的……只有葛倫被巫妖爪牙抓走的事實。

「怎麼可能！我在那間小屋設下的驅魔結界完美無缺！不請自來的客人不可能進得了那間小屋！」

「……就、就算您這麼說……我親眼看到那個少年被爪牙帶走了……」

村長畏畏縮縮滿頭大汗，一副惶恐不已的樣子。

「騙人，那不可能……莫非是那小子自己跑到了小屋外面？可是為什麼……？」

瑟莉卡像要把拳頭捏碎般用力握緊，咬牙切齒。不僅全身都在噴汗，內心的悸動也遲遲無法平復。強烈的焦慮讓瑟莉卡感覺有如熱鍋螞蟻。

「……那、那個……瑟莉卡、大人……？」

四周的其中一名村民，戰戰兢兢地把一張捲成筒狀的書信遞給瑟莉卡。

「把葛倫抓走的那個爪牙……不小心掉了這個東西……」

「你說什麼!?快給我！」

瑟莉卡二話不說搶走那張書信，像是要撕破一樣猛然打開，瀏覽上面的文字。

上面寫著……

——致『灰燼的魔女』瑟莉卡・阿爾佛聶亞。

——要不要來一決勝負？

——請到隨信指定的地點。

——我和妳的小小男朋友將一起恭候妳大駕光臨。

——補充。

——妳的小小男朋友目前平安無事。因為對妳來說他是貴重的『交涉工具』……所以放他一條生路是有意義的。

——可是萬一妳不來的話……妳明白我的意思吧？

……除了訊息本身外，還夾帶有指定地點的地圖。

「……哈哈、哈哈哈……」

看完信件後，瑟莉卡發出了低沉乾硬的嗤笑聲。

她的眼神瞬間變得冷酷，散發出危險的光芒。

「是嗎？這樣啊……那麼想死是嗎……明明費了那麼大的工夫，好不容易才獲得不老不死的能力……真的是腦袋有病的傢伙……！」

「瑟、瑟莉卡大人……？」

瑟莉卡把唯唯諾諾的村民甩在腦後，揚起長袍轉身就走。

「好……我就如你所願讓你死得徹徹底底，半死人（巫妖）……」

那個殺氣騰騰、蘊藏著怒火的背影，簡直就像魔王一樣。

那幢洋館就靜悄悄地隱藏在村子北邊的茂密山林間。

在那幢彷彿貴族宅邸的豪華洋館四周，設有好幾層幻影的結界，必須懷有明確的意識與信心確信洋館就位於這一帶，否則絕對不可能找到這個地方來。該結界就是照這種魔術機制運作。

「…………」

站在懸崖上的瑟莉卡，用沒有感情的眼睛俯瞰顯現在下方的洋館。

那幢洋館顯然就是對那座村莊造成威脅的巫妖的據點，無庸置疑。巫妖和被抓走的葛倫都在那幢洋館裡面。

魔術師主動把對手找來自己的陣地……百分之百有陷阱。

魔術陷阱搭配結界，再加上召喚術……魔術在據點防衛的時候，能發揮無與倫比的強度。貿然闖入魔術師的陣地絕對不是什麼好主意，哪怕對手實力再弱也一樣。況且今天的敵人是巫妖──算是層級相當高的魔術師。

碰到這種情況，之前的瑟莉卡會怎麼做？

她當然不會進入對方的陣地自找麻煩。她會選擇用儀式魔術──編排戰術級的A級軍用魔術，從外面把整幢房子連同屋主一起轟垮。輕輕鬆鬆就能搞定。

問題是，這麼做的話被關在那幢屋子裡的葛倫也……

「……………」

瑟莉卡是全大陸最高階的第七階級魔術師。她有自信正面突破絕大多數的陷阱，事實上她也確實有那個實力，手上多的是王牌。

不過，即使敵我實力相差再怎麼懸殊，在打完之前沒人知道結果，魔術師之間的魔術戰就是這麼一回事。翻開魔術戰的歷史，以下犯上的例子多到不勝枚舉。避免無謂的風險，是魔術師面對戰鬥時的不成文鐵律。

……話雖如此。

（嘖……上了腳銬的戰鬥……嗎……）

瑟莉卡縱身一躍，一邊唱咒一邊跳下懸崖。

（不過……偶一為之感覺倒也不賴的樣子……！）

從懸崖跳了下來的瑟莉卡操作重力輕飄飄地降落在地面。

旋即，她朝著洋館的正面玄關口拔腿狂奔……

整個過程簡直就像魔王在過關斬將。

在洋館裡面等著瑟莉卡入侵的，是無數的魔術陷阱和結界、被召喚的魔獸與精靈、守衛魔像、魔導傀儡以及巫妖爪牙們。

瑟莉卡遭到他們無情的攻擊。

一路上有讓瑟莉卡魔力衰減的結界。有冰縛的結界。有力量強大的魔獸齜牙咧嘴地襲來。有踏進房裡瞬間就引爆的一次性附魔的魔術陷阱。有巫妖爪牙成群結隊展開突擊。有對巨大魔力產生反應而散播死亡詛咒的魔術陷阱。也有突然下陷的坑洞、從上面掉下來的天花板、從牆壁上密密麻麻的洞口刺出來的長槍等……無數不仰賴魔術的物理陷阱。除此之外，阻止瑟莉卡前進的，還有會吸取生命力的門把、越過的話性命就會被奪走的死亡界線、強制把人轉移到異次元的門、會動的石像、毒瓦斯、石化詛咒以及無限迴廊和火焰牆等……古今中外所有的魔術陷阱。

即使是充分進行過魔術師戰鬥訓練的帝國軍精銳部隊，恐怕才剛進入屋子就會馬上潰不成軍，只能落荒而逃。

可是瑟莉卡卻突破了重重障礙。她轟走了魔獸，淨化了爪牙，消除了魔術陷阱，有時候會仰仗自己魔力強大，不顧一切直接突破障礙。

（……呼，身體好輕盈。有種什麼事都難不倒我的感覺……）

如果是之前的瑟莉卡，面對如此複雜多樣的陷阱，可能也會感到措手不及。

可是現在的瑟莉卡在使用魔術的時候，精度向上提升了好幾個檔次。她的注意力昇華到了極限，身體也充滿了魔力。

不管是什麼樣的致命性、卑鄙的陷阱，都無法阻礙瑟莉卡前進。

（說來老套，不過有想要保護的人，自己就會變得更強……是這麼一回事嗎？）

瑟莉卡忍不住浮現不合她個性的念頭，面露苦笑。

（葛倫，再等一下……我一定會把你救出來的……！）

瑟莉卡一反常態懷著高昂的鬥志，踩著自信滿滿的步伐通過屋內的長廊。

儘管上頭有火雨盛大地落下，彷彿是要把瑟莉卡燒得屍骨無存……但瑟莉卡完全沒放在眼中。只因為瑟莉卡的靈魂燃燒得更為猛烈火旺。

——也正因為如此。

瑟莉卡才會遲遲沒有發現吧。

沒發現有地方不對勁。沒發現為什麼敵人會準備這麼多五花八門的陷阱。

如果是過去那個冷靜又冷酷，像冰一樣思緒清晰的瑟莉卡的話，一定早就發現了。數量過剩到可以讓一隊帝國軍也不得不潰逃的陷阱。陷阱的設計和準備方式都極為不自然，彷彿一開始就是以應付瑟莉卡這種等級的強大魔術師為前提一樣。

結果，一心想救出葛倫而鬥志高昂的瑟莉卡……直到最後都未能發現那個不對勁的地方。

「……唉呀呀。沒想到妳居然能毫髮無傷地來到這裡……」

洋館最深處的大廳。

在那裡等候瑟莉卡現身的，是個全身被黑色長袍包住，散發出陰森氣息的青年。

「……你就是那個在幕後操縱一切的巫妖嗎？」

「正是。」

瑟莉卡把手插進口袋，側身擺出架式，和青年保持足夠的距離展開對峙。

她把銳利視線投向了青年身後的空間——在那裡除了幾個懸浮在半空中的法陣之外，還可以看到被吊在空中的葛倫。

「……瑟、瑟莉卡……！」

「看來他還沒有被變成巫妖爪牙……平安無事嗎？」

瑟莉卡早料到十之八九葛倫會平安無事。因為——

「那不是當然的嗎？要是我殺了他，或者把他變成爪牙……妳就會二話不說把我消滅……是吧？那可不是我樂見的結果。」

青年把不知從哪裡掏出來的大鐮刀架在葛倫的脖子上。

「所以，我才會保留像這樣的『交涉』餘地。」

「那是……你帶來的那玩意兒還挺罕見的哪……」

「哈哈，妳看得真仔細，這是只要稍微劃傷皮膚就能殺死人的魔術儀裝『死神鐮刀』。不管妳的魔術技巧再怎麼神乎其技，妳要搶在我用鐮刀傷害少年前就先幹掉我都是不可能的……我說的沒錯吧？」

沒錯。魔術畢竟是透過人的深層意識變革來改變法則，理論上的最快發動數值有它的極限。就算僥倖能搶在青年稍微挪動手臂前就先發動魔術，成功消滅青年……青年放開的鐮刀也有極大的可能會誤傷葛倫。

所以瑟莉卡不敢輕舉妄動。只是默默地瞪著巫妖青年。

「情況妳都瞭解了，想救這個小孩子的話，請妳自殺吧。」

「……我就知道你會提出這種條件。」

瑟莉卡無奈似地嘆了口氣。

「不愧是卑鄙的低級魔術師會打的主意。」

「哎呀，妳也不用說得那麼狠。坦白說，光是這樣跟妳對峙，我就有種被壓得喘不過氣來的感覺了。我怕妳怕得不得了呢。」

巫妖青年咯咯咯地發出意味深長的笑聲。

「不、不可以！瑟莉卡！不可相信這種傢伙說的話！」

葛倫含淚哭喊。

「動手吧！別管我了，和他戰鬥……咿!?」

「好了，快點自殺吧。」

看到鐮刀更靠近自己的脖子，葛倫不禁倒抽一口氣。

青年一邊嗤笑，一邊把匕首丟到瑟莉卡的腳跟前。

那把匕首刀身上密密麻麻地刻印了某種詛咒盧恩文，被下了詛咒。

瑟莉卡用冰冷的視線盯著地板上的那把匕首，一會兒後……

「……好吧，也沒其他辦法了……」

她一如做好覺悟般如此喃喃說道。

「……瑟、瑟莉卡……那怎麼行……就算妳死了，這傢伙也不可能平白放我走的啊……！」

瑟莉卡向一邊流淚一邊用哀求眼神看著她的葛倫投以狂傲的笑容。

「不會有事的，放心吧，葛倫……因為……」

瑟莉卡作勢撿起地上的匕首，彎下腰伸長了手……

「我一定會保護你的。」

「咦？」

瑟莉卡用插在口袋裡的左手——按下了那個的按鈕。

「……什麼？」

下個瞬間，青年啞然失色。

因為他手上的死神鐮刀，不知不覺間被折斷了……而且葛倫也莫名其妙獲得自由，眨著眼睛癱坐在瑟莉卡的身旁。

「什、什、什……發生了什麼事……！」

「※時間啊，停止吧。你是如此地美麗……有聽過這句名言嗎？」（編註：典出德國大文豪歌德創作的《浮士德》。）

瑟莉卡用左手把玩那個東西，發出咯咯的笑聲。

那個東西──正是一只老舊的懷錶。

「這是我特製的魔導器。名字取自時間的天使，就叫『萊・堤莉嘉之錶』。機能非常單純明快，起動的同時時間就會暫停。我可以從世界流動的時間中擺脫拘束，在靜止的時間中自由行動……很厲害吧？」

這就是瑟莉卡的王牌。要使用這只懷錶不能沒有時晶石，那是一種極其珍貴而且數量稀少的消耗品，所以無法輕易拿出來使用……不過一旦發動的話，這只懷錶擁有可以顛覆任何戰況的驚人威力。

「時、時間暫停魔術……!?那怎麼可能……!?跟時間有關的魔術向來都有缺陷！一旦讓時間暫停，必然會受限於魔導第二法則，停止世界的時間多久，施術者自己的時間也會停止多久，世界會替兩者間產生的矛盾、時間差進行矯正才對……可是，為什麼……!?為什麼妳還能動……!?」

「因為這是我的固有魔術啊。嗯……如果要取名的話，就叫固有魔術【我的世界】好了？」

接著，瑟莉卡舉起手掌對準巫妖青年。

「好了……接下來是懲罰時間了，小子。敢對我的葛倫出手，罪孽可是很重的喔……？」

「咿……!?」

嚇得半死的青年手忙腳亂地把手朝著瑟莉卡，口中唸唸有詞地唱起咒文——

「——《去死吧》。」

可是瑟莉卡的咒文以壓倒性的速度搶先完成。

黑魔【紅炎柱】。

只見綻放出鮮紅火光的火焰化作沖天的火柱，眨眼就將巫妖青年吞噬——

「呀啊啊啊啊啊啊啊啊啊啊啊啊啊啊啊啊啊啊啊啊——!?」

只見青年瞬間就從這個世上被消滅，屍骨無存。

「……哼，雜魚。也不秤秤自己有幾兩重。」

瑟莉卡語帶不屑似地咒罵後，轉頭望向葛倫。

「你還好嗎？一定擔心受怕了吧……」

「瑟莉卡……我……」

感動至極似地紅了眼眶的葛倫，搖搖晃晃地走向瑟莉卡。

「葛倫……」

瑟莉卡單膝跪地，從正面擁抱了葛倫。

「沒事……沒事了……從今以後……我也會好好保護你……」

嚓。

「……咦？」

滴下。

一道紅色的液體從瑟莉卡的嘴角流了出來。有一股灼熱的衝擊，突然攻擊瑟莉卡的背部，她一開始還完全無法理解那是什麼。

「…………」

葛倫默默不語地離開整個僵住的瑟莉卡的懷抱。

「……啊……啊……咕嗚……」

瑟莉卡失去平衡，靠兩隻手撐在地上支撐身體。

仔細一瞧，葛倫的右手神不知鬼不覺地反握著某個東西——原來是先前掉在地上的詛咒匕首。刀身上沾滿了瑟莉卡的鮮血。

似乎有某種會造成危害的詛咒，透過刀子注入了她的身子。

身體……不聽使喚。

「咳咳……為、為什麼……葛倫……？為什麼……要做、這種……？」

不得不接受葛倫對自己下了毒手的事實後……瑟莉卡露出欲哭無淚的表情，注視著和她保持距離的葛倫。

這個時候——

「呵呵呵……那個鼎鼎大名的《世界》瑟莉卡・阿爾佛聶亞……居然也會犯下這麼愚蠢的錯誤……唔呵呵呵……啊哈哈哈哈……！」

一名女子就像從大廳牆邊的石柱陰影裡滲出來一樣現出了身影。

和瑟莉卡同樣身穿帝國宮廷魔導士團禮服的女子，其真面目是——

「荷莉艾塔……!?妳是……代號《塔》的荷莉艾塔……!?」

瑟莉卡訝異地睜大了眼睛。她終於想通了事件的真相。

「原來如此……我就覺得我好像忘記了什麼……這麼說來，還有妳嗎……前一批到那座村莊作戰的魔導士……現在回想起來，當時除了妳以外的人，都變成了巫妖爪牙出現在我的面前……唯獨沒看見妳……」

基本上瑟莉卡也曾感覺到好像有哪裡不太對勁。可是荷莉艾塔對瑟莉卡來說是一個全然無足輕重的存在，所以一直沒聯想到她身上。

「這一連串的事件……全部都是妳搞的鬼嗎……!?妳才是那個在幕後操控一切的巫妖……!?剛才那傢伙也是妳的爪牙嗎……!?」

「是啊，沒錯，瑟莉卡・阿爾佛聶亞……我脫胎換骨變成了巫妖，得到了永恆的生命和年輕，以及強大的魔力……就為了要超越妳！」

巫妖——荷莉艾塔用極度瘋狂的眼神注視瑟莉卡。

「以自導自演的方式，利用『傀儡』假扮巫妖……陷害自己的同袍……使盡各種小手段……如今我終於能一吐長年的怨氣了，瑟莉卡……」

「……怨氣？」

「是呀。在妳出現前，多年以來帝國宮廷魔導士團的最強魔導士一直都是我……旁人的尊敬與羨慕都是屬於我一個人的。可是妳卻輕輕鬆鬆就搶走了那個寶座……一般的天才再怎麼拚命也望塵莫及，壓倒性的才能與訓練度……不可原諒……感覺我投資在魔術上的半輩子時間都被否定了……不僅如此……」

荷莉艾塔走向瑟縮在地的瑟莉卡，強行抬起她那尖細的下巴。

「妳……早就抵達『永恆者』的境界了！而且跟吸血鬼或不死者那種魚目混珠的不一樣……！保有人類的型態還能長生不老，是真正的『永恆者』……！」

「……！」

「我……會隨著時間的流逝漸漸衰老……即使用盡各種魔術手段保持年輕和力量……總有一天還是免不了會年老色衰……可是妳永遠不會改變……妳可以永遠擁有那個年輕美麗的外貌，並且一直站在巔峰……那是我窮盡一輩子也無法抵達的魔術境界……！」

荷莉艾塔咬牙切齒，憤怒得肩膀頻頻發抖。

「不能原諒……說什麼也不能原諒……！為什麼我……理當是天之嬌女的我……必須輸給妳這種卑賤的舊時代魔女……!?為什麼我必須嚐到敗給妳的辛酸滋味……!?根本天理不容……！」

「……荷莉……艾塔……！妳……」

「算了，那些都已經是過去的事了……瑟莉卡……只要能贏得了妳……只要能超越妳，我不計一切代價……就算自甘墮落變成巫妖也在所不惜……！我也不介意自己當個冒牌的『永恆者』……我要……殺了妳……向歷史證明我才是比妳更優秀的魔術師！」

「……無聊……一點意義也沒有……！」

荷莉艾塔眉飛色舞地向按著被刺傷的背部，痛苦呻吟的瑟莉卡說道：

「啊，對了對了。給妳看個有意思的東西，瑟莉卡。」

荷莉艾塔彈響手指。

只見柱子的陰影處隨即開啟了一扇『門』，陸陸續續有人影從影子裡頭爬出來。

「——!?」

瑟莉卡像眼珠子要跳出來一樣瞪大了眼睛。

那些人影……她每個都很眼熟。

「什麼……！怎麼會……！」

在那些人影前面帶頭的，正是村長。一旁則是遞交書信給瑟莉卡的男子。

被荷莉艾塔召喚到這裡來的——全部都是那個村莊的村民。

他們身上的活人氣息早已蕩然無存。暗沉的肌膚，空洞的眼眸。飄盪在空氣中的屍臭。

簡直就像是——

「啊哈哈，嚇一跳了嗎……？那個村子的所有村民，從一開始就是我的爪牙了……」

「什麼……」

「妳還記得我的另一個稱呼嗎？『灰燼的魔女』小姐？我可是『傀儡師』……論製作栩栩如生傀儡的功夫，沒人能跟我並駕齊驅，即使是妳也一樣……換言之，要創造出可以騙過妳眼睛的爪牙，也不是不可能……」

「我不、信……」

一個最可怕的預感閃過了瑟莉卡的腦海。

瑟莉卡一邊祈禱自己的預感落空……

一邊戰戰兢兢地……

緩緩轉過頭……

……望向了——

…………葛倫。

「……啊。」

預感成真。成真了。

變色的肌膚，空洞而渾濁的雙眸。

不久前還是個活生生人類的葛倫——已經不存在了。

在她眼前的少年是——

「啊啊啊啊啊啊啊啊啊啊啊啊啊啊啊啊啊啊啊啊啊啊啊——!?」

瑟莉卡的眼淚奪眶而出，雙手抱頭，像要叫破喉嚨一樣放聲尖叫。

「葛倫！啊啊……葛倫——！怎麼會……你、你……啊、嗚啊啊啊啊啊啊啊啊啊啊啊啊啊啊啊啊啊啊啊啊啊啊啊啊啊啊啊啊啊啊啊啊啊啊啊啊——!?」

「啊哈哈哈哈哈哈哈——！真讓我愉悅啊，瑟莉卡——！敞開心房的對象居然是個死人，欸欸，可以告訴我妳內心做何感想嗎!?啊哈哈——啊哈哈哈哈哈哈哈哈哈哈——！」

瑟莉卡的啜泣聲和荷莉艾塔的大笑形成了奏鳴曲。

「……雖然所有村民早就都是我的奴隸……不過光是這樣還不夠，就算讓妳中計了，妳還是一定會使出全力正面突破吧？這樣是不行的……想要擊敗妳，就必須找出更為致命的破綻才行……沒錯……妳終究是個人類……是個女人……妳有妳的弱點……不可能沒有……」

荷莉艾塔帶著愉悅的表情，向一團混亂的瑟莉卡說道。

「當年曾經擊殺自宇宙召喚來的邪神眷屬，不知何故長生不老的『永恆者』……讓所有人都害怕、所向無敵的『灰燼的魔女』瑟莉卡・阿爾佛聶亞……我一直都在注意著妳，然後發現了一件事情。」

「嗚嗚……啊啊啊啊、啊……」

荷莉艾塔從瑟縮成一團的瑟莉卡背後摟住她，在她耳畔邊竊竊私語。

「妳很強嗎？不，妳這女人可是軟弱極了。妳會忍不住傷害所有接近妳的人，可是卻又希望有人能陪伴在妳身邊。希望有人排解妳的寂寞，希望有人能安慰妳那孤獨的心……全世界最不甘寂寞的嬌嬌女，大概非妳莫屬了……」

荷莉艾塔輕笑著。

「然而妳平時卻常對周遭濫用暴力，固執己見不願承認本身的軟弱……不對，妳執著地認為自己是堅強的……還試圖讓別人也這麼認為。要求自己比任何人都強，獨善其身，這就是被迫承擔『要永遠孤獨一個人活下去』這種命運的妳，所懷抱的矜持嗎？咯咯，怎麼會有這麼不值一提又廉價的尊嚴……」

瑟莉卡握緊了拳頭。

「實際上……妳的戰鬥能力過於強大，而且對旁人總是表現出拒絕的態度，所以每個人都害怕妳、疏遠妳，沒有人能接近妳……滑稽得彷彿刺蝟……瑟莉卡，妳表現出來的堅強……就像海市蜃樓一樣，全都是假的、虛構出來的……」

「囉……嗦……」

「所以我就猜想。雖然妳總是拒人於千里之外，可是妳對那些不怕熱臉貼冷屁股、願意對妳敞開心房的人一定沒什麼抵抗力。妳就是那種如果有人無條件肯定妳，而且願意陪伴在妳身旁……只要稍微對妳溫柔一點……就會被迷得暈頭轉向，容易上勾的女人吧……!?」

「…………囉嗦……！」

「我自己都沒想到我的詭計會對妳這麼管用呢！啊哈、啊哈哈哈哈哈哈哈哈哈——！和葛倫度過的生活過得還愉快嗎——!?」

「囉嗦——給我閉嘴啊啊啊啊啊啊啊啊——！」

瑟莉卡情緒失控地揮舞手臂。

荷莉艾塔迅速跳開，瑟莉卡揮了個空。

「怎麼？不管妳如何抗拒，無論妳做了多麼殘酷的事，還是會體諒、盡心盡力對妳付出一切、留在身旁陪伴……妳真以為世上有那種可以那麼配合妳的人呀？怎麼可能會有，笨～～蛋！都活了四百年了，連這點道理還搞不懂？真是太好笑了！啊哈哈哈哈哈哈哈哈哈哈哈哈哈——！」

「囉嗦！囉嗦囉嗦囉嗦囉嗦囉嗦——！妳竟敢——我要殺了妳——我要殺了妳——！」

瑟莉卡抹掉眼眶的淚水，起身朝著荷莉艾塔伸出左手。

接著她情緒激昂地試圖發動破壞性的咒文——

瞬間。

「啊咕——!?——嗄啊!?」

一如腦神經燒毀般的劇痛，像閃電一樣在瑟莉卡的身體流竄著。遍布體內的無數血管紛紛斷裂，全身上下都在噴血。瑟莉卡承受不了那股突然來襲的痛苦與衝擊，當場咳血，趴倒在地。

「幹嘛？妳還以為自己比較厲害嗎？妳已經完蛋了囉？」

「妳、妳做了……什麼……？」

「只不過是詛咒而已啊？剛才刺傷妳的匕首施・加・了・詛・咒。如果妳想施展魔力，那個詛咒會加強妳的痛覺，導致肉體自我毀滅……呵呵呵……」

荷莉艾塔面露猙獰又愉悅的表情，睥睨趴在地上的瑟莉卡。

「中了詛咒後，『灰燼的魔女』還真是狼狽不堪啊……？現在的妳沒辦法使用破壞性的攻擊咒文，也不能操縱時間了……就只是個平凡的『女人』而已唷……？」

荷莉艾塔突然彈響手指。

生前都是村民的那些爪牙，紛紛圍上來包圍了瑟莉卡。

「嗚……啊……」

村民們粗魯地把無法動彈的瑟莉卡翻回正面，對她的四肢進行壓制。

先是把她的雙手拉到頭上的位置，左右交叉後緊緊壓在地上。

接著讓她雙腿呈現半開的狀態，幾個死人用手抓住她，固定她的姿勢。

被剝奪魔術能力後，就跟一般女性別無二致的瑟莉卡，已經完全失去了行動的自由。

「……嗚……!?」

「棒極了，現在的妳還真是落魄啊……嘻嘻，我不會輕易殺死妳的……我要讓妳先嚐遍這個世上能想像得到的所有屈辱與痛苦再殺了妳……我之前所受到的屈辱，今天要加好幾百倍奉還給妳……」

荷莉艾塔開心不已似地擺出一副思考的樣子。

「不如這樣吧，首先就……完全剝奪妳身為一個人、身為女性的尊嚴，蹂躪到不成原形好了……?」

「————!?」

「徹底侵犯妳，羞辱妳，讓妳哭天喊地，讓妳精神崩潰……光是想像那個又強大又美麗的瑟莉卡・阿爾佛聶亞……被行屍走肉的男人壓在下面，兩隻腳被打開，遭瘋狂輪姦，全身上下每個部分都遭到玷汙，模樣悽慘地一邊乞求饒命，一邊哭叫的畫面……啊啊，太棒了，想到這裡我就溼了呢……」

荷莉艾塔一臉陶醉地擁抱自己的身體。

「狠狠地把妳玷汙過一遍之後，接下來我要為妳戴上項圈當寵物飼養……等我把妳調教到連我的腳都舔得很開心，比母狗還下賤的時候，我再慢慢屠殺妳……直到那時我的復仇才宣告完成……呵呵呵，妳做好心理準備了嗎……？」

無言。瑟莉卡就像已經認命了一樣一動也不動，一語不發。

「看在同是女人的份上，我就大發慈悲吧。像妳這種有欠調教的潑婦，應該沒幾個男人拿妳有辦法吧……所以依我看，妳大概也沒什麼那方面的經驗是吧？一定很難受對不對……？所以就讓莫名討妳歡心的這個男孩子打頭陣好了……妳要讓我好好瞧瞧又掙扎又享受的模樣喔，變態女人？」

生前是葛倫的爪牙緩緩地靠近被大批死人壓制住手腳的瑟莉卡。在他的帶動下，其他在四周晃蕩的男性爪牙也伸長手，一個接著一個湧向瑟莉卡。那畫面就像一大群螞蟻在分食一塊砂糖甜點一樣，讓人看了不寒而慄。

失去了魔術，一動也不能動的瑟莉卡，只有任人蹂躪的份。

瑟莉卡的命運就到此為止，她是我的手下敗將了──荷莉艾塔充滿了自信，她想像著瑟莉卡在後將面對的悲慘結局，笑得十分得意……就在這時──

灼熱的烈焰隨著螺旋的軌跡竄上天空，壓在瑟莉卡身上的死人們瞬間被火燒成灰燼，隨風消散。

「妳想說的廢話……就只有那些嗎？荷莉艾塔……!?」

重獲自由的瑟莉卡，在以螺旋軌跡轉動的火花和熱浪中緩緩站起。

質量驚人的死人如海嘯般湧向瑟莉卡。

然而瑟莉卡默默不語地手一揮，四周隨即又颳起一陣超熾熱的烈焰旋風。

在這大廳裡的爪牙，一轉眼就被燒成了一團團白色的灰燼。

「騙、騙人……這怎麼可能……!?如果使用魔力，妳的肉身應該會因為詛咒所造成的難以負荷劇痛而自我崩壞才是啊……為什麼妳可以使用魔術……!?」

「……痛又怎樣……只要忍耐……不就好了嗎……」

仔細一瞧，瑟莉卡的身體因詛咒的侵蝕，自我崩壞的情況相當嚴重，鮮血像瀑布一樣從全身噴出。換作是一般人的話，應該早就承受不了受詛咒影響而加劇的痛苦導致發狂，甚至已經變成廢人了吧。

但瑟莉卡卻靠著強韌的精神和氣魄克服那個痛楚，並且成功發動了需要高度集中注意力的魔術。

被大量失血染得紅通通的身體。在血淋淋的臉孔中更顯顏色鮮豔、閃耀著凶光的紅色眼眸。凶神惡煞般的表情。

瑟莉卡當今的樣貌，只能用悽厲兩個字形容。

「現在輪到妳了……不去找別人下手……竟敢設計陷害本小姐……坦白說，能讓本小姐淪落到這般灰頭土臉程度的混帳傢伙……咳……好痛……妳是頭一個……我要讚賞妳……」

「咿──！」

看到瑟莉卡那惡魔般猙獰的面孔，荷莉艾塔嚇得彷彿心臟要被捏碎了一樣。

「《回歸定理的圓環吧‧──》」

接著，瑟莉卡用地獄戰鬼般的嗓音開始唱起了咒文。

「《由五素構成之物歸還五素‧──》」

「那、那個咒文是──!?我、我不會讓妳得逞的──！」

大吃一驚的荷莉艾塔以一節詠唱接連發動魔術，試圖阻礙瑟莉卡的詠唱。

但瑟莉卡只是用彈指一個動作就能高速發動反制咒文，見招拆招地將荷莉艾塔所施展的所有攻擊魔術通通抵銷了。儘管每發動一次對抗咒文，瑟莉卡身體就會皮開肉綻，鮮血四濺……但瑟莉卡的咒文詠唱仍完全沒有停止的跡象。

「啊、啊啊……怎、怎麼可能……我不相信……」

兩人實力的差距判若雲泥。完全不成勝負。那點程度的詛咒絲毫彌補不了兩人的實力差距。雙方做為魔術師的基本才能根本不在同一個水平上。

這時荷莉艾塔心中浮現的念頭是──

為什麼我會跟這種對手競爭呢？我怎麼會找她一較高下？和瑟莉卡為敵……這行為本身就是致命性的敗因。就算螞蟻變成了螳螂，也不可能會是龍的對手。

「──・結合象與理之緣必須背離》……」

瑟莉卡的咒文沒有任何停頓順利完成，強大的魔力凝聚在她的左手上。

然後──

「妳真大膽……！竟然膽敢愚弄我……！死得乾乾淨淨吧！妳這個垃圾啊啊啊啊啊啊啊啊啊啊啊啊啊啊啊啊啊啊啊──！」

瑟莉卡舉起左手對準荷莉艾塔──

那一瞬間，站在荷莉艾塔旁邊的葛倫映入了瑟莉卡的眼簾，她瞬間心生遲疑──

「——黑魔改【毀滅射線】——！」

一如要將猶豫逐出腦海般，瑟莉卡施展了咒文。

從瑟莉卡左手噴射而出的一道巨大衝擊光波，眨眼間就吞噬了嚇得渾身發抖的荷莉艾塔和葛倫——

面對連邪神的眷屬也照樣消滅不誤，能將物質分解消滅的魔光——

束手無策的荷莉艾塔和葛倫只能坐以待斃，一根頭髮也不剩地徹底從這個世上消失了……

……等一切結束之後。

因為黑魔改【毀滅射線】的反作用力，肉身自我崩壞的情況更為嚴重的瑟莉卡，以大字狀的姿勢躺臥在自身鮮血所形成的血泊中。

（……我是不是……太勉強自己了……啊……？）

就連瑟莉卡也不相信自己仍四肢健全。手腳都好端端的，沒有任何一隻斷掉飛走……堪稱是奇蹟了。

（呿……可惡……總之得先解除這該死的詛咒……然後療傷……）

然而——

（…………算了……不要管它……也罷……）

瑟莉卡靜靜地閉上了眼睛。淚水源源不絕地奪眶而出。

（自從四百年前的那一天……我在那片被火燒得寸草不生的荒野中醒來之後……我就一直自欺欺人，得過且過……已經到極限了……）

再也不需要掩飾下去了。

內心的假面在被荷莉艾塔戳破之後，全都剝落得一乾二淨了。

那女人說的一點也沒錯。瑟莉卡太『軟弱』了，沒辦法自己一個人活下去……偏偏她人生的長度長到接近永恆，所以她試圖變得『強勁』……試圖和別人保持距離一個人活下去……可是最後非但沒有變得『強勁』，還成了『軟弱』的人……這就是瑟莉卡•阿爾佛聶亞這女人最真實的面目。

這陣子阿莉希雅說她日子過得愈來愈墮落，其實並沒有特別的原因。純粹只是一直都在故作堅強的她終於感到厭倦。而這件事剛好發生在最近，不過如此罷了。

原因不明的長生不老，在漫長的孤獨歲月中——

瑟莉卡的心靈早已枯竭，感到疲憊不已了。

不僅如此，現在就連瑟莉卡嚴密地用來掩飾真正自我的面具都被拔除，她再也撐不下去。

而且她還親手殺死了那個少年，殺死了那個明知總有一天必須分離，即使如此她也願意承擔那個傷痛，只想要和他一起活在當下的對象。

瑟莉卡已經完全失去了活下去的氣力。

（哈哈，管他的……我累了……那個藏在心裡面、連我自己都搞不懂是什麼的使命感……還有這個莫名其妙的長生不老體質，全都無所謂了……就到此為止吧……）

繼續放任傷口失血下去的話，很難不死吧。之前一直都沒有勇氣自殺，這個機會來得正是時候。雖然內心深處還是有道聲音不斷在疾呼「我不能死在這種地方」、「一定要達成使命」，可是瑟莉卡已經懶得理會那道聲音了。

（艾薇……我就要過去妳那邊……）

想到這，瑟莉卡微微露出苦笑。

（怎麼可能……去得了嗎……我的靈魂肯定只能下地獄去吧……）

仔細想想，瑟莉卡現在所待的這幢屋子隱藏在結界裡面。就算瑟莉卡死在這裡……也不會有人發現。不可能發現。

到頭來，自己連嚥下最後一口氣前，以及在死後的世界都是孤獨的。這樣的下場還挺適合自己的，不是嗎？

當瑟莉卡面露諷刺的冷笑，準備放手讓意識沉入黑暗的時候……

「……救……我……」

「……？」

隱隱約約……好像聽到有人的聲音。

似乎是因為耳朵離地板很近的關係，所以才偶然聽見透過地板傳來的聲音。

「……誰來……救……救……」

瑟莉卡本以為自己聽錯了，不過事實並非如此。確實有人發出聲音。

「到底是誰呀……？明明我都準備好……要赴死了說……」

瑟莉卡不甘不願地起身，步履蹣跚地循著微弱的聲音走去。

「唔……」

循著聲音尋找後，瑟莉卡在牆邊書架的後面發現了一扇隱藏的門。

打開一瞧，門後是通往地下室的階梯。

「……這是什麼……？」

一旦好奇心被勾起就沒完沒了。瑟莉卡搖搖晃晃地爬下樓。

「……誰來……救救我……」

從下面傳來的聲音變得清晰多了。聽起來像是少年的聲音。

「……陷阱？陷阱就陷阱吧……乾脆殺了我……」

樓梯爬到底後，正前方有一扇房門。

「……呿。上什麼魔術鎖……怎麼會有這麼麻煩的陷阱……」

「誰來、誰來救我……拜託……」

聲音是從這個房間裡面傳出來的。好像是在求救的樣子。不管它是不是陷阱，如果視而不見，良心會過意不去。

「沒辦法了……」

瑟莉卡唱起咒文，首先一邊咳血一邊承受煎熬為自己解咒。

「啊啊，可惡……如果這是陷阱的話……我的血不就白流了嗎……」

瑟莉卡發著牢騷，唱出解鎖咒文，打開房門的魔術鎖。

開門一瞧，那房間似乎是某種魔術實驗用的設施。魔力爐和藥品棚、鍊金鍋、玻璃器具、磐石型魔導演算器……一般魔術工房常見的各種設備，把裡面的空間塞得滿滿的。

而且有個人被架在房間中央的拘束台上。

「……在那裡的人……是誰？」

「——!?」

被架在拘束台上的是個少年。從外表看來年紀跟葛倫差不多。

發現對方是個年紀還很小的少年，瑟莉卡不禁心頭一驚……不過理所當然的，他並不是葛倫。

少年一看到瑟莉卡，立刻用沙啞的聲音大叫。

「救命，大姊姊，救救我……！我受不了了……我不想再那麼痛了……！拜託！救我、救我離開這裡！讓我回家……！」

「……放心吧。我不會把你抓去吃掉的。順便告訴你一個好消息，之前折磨你的那個傢伙大概已經被我幹掉了。」

乍看下，少年應該不是巫妖爪牙。而是不折不扣的活人。荷莉艾塔死後，她支配的爪牙就只有消滅一途，無法再維持存在，所以這名少年照理說是貨真價實的人類，不會有錯。

（他應該也是被抓走的村民之一……問題是，為何只有他沒被變成爪牙？……啊啊，原來如此。這傢伙大概具備有某種特殊的魔術特性，所以荷莉艾塔才會拿他進行實驗吧……那個垃圾。）

看了刻在拘束台四周的魔術式和法陣後，瑟莉卡做出推論。

瑟莉卡解開少年的拘束器具後，少年抱住了瑟莉卡的腰。

「謝……謝謝……大姊姊……真的……好痛苦喔……我還以為自己沒救了……謝謝……真的謝謝妳……嗚……」

剛才被自己轟成灰的葛倫，和哭哭啼啼的少年模樣，在瑟莉卡眼中重疊在一起。

「……你叫什麼？你的雙親呢……？」

「咦……？我叫……嗚咕……頭好痛……」

瑟莉卡一問，少年突然抱頭痛苦呻吟。

「什、什麼都……想不起來……奇、奇怪……？我到底是什麼人……？」

「……真令人同情。」

這恐怕是少年接受魔術實驗的後遺症。從拘束台的術式來判斷，他應該反覆接受過許多次會對腦部造成重大負擔的實驗。沒有變成廢人，已經算是奇蹟了。

不過，儘管失去了記憶……但這名少年終究算是那村莊唯一一個還活得好端端的倖存者吧。

…………

「……怎麼樣？有想起任何事情來嗎？」

瑟莉卡帶著無名的少年重返那座村莊。

人去樓空。這裡已經成了空無一人的廢村了。

少年東張西望地環視了一下村子的景色後，不安地喃喃嘟囔：

「沒有用，大姊姊……我完全沒有印象……這裡是什麼地方……？」

聽了少年的話，瑟莉卡嘆了口氣垮下肩膀。

「……這裡一個人也沒有……我以前真的住在這裡嗎……？大姊姊……我是不是變成孤單一個人了……？」

少年惶惶不安地抓住瑟莉卡衣服的下襬。小手明顯在發抖。

（這少年失去了記憶……這座邊境村落的村民如今全都死了……他無依無靠……甚至沒有人認識他……）

瑟莉卡目不轉睛地看著抓著她衣服不放的少年。

失去記憶，孤獨不安地發抖……那副模樣讓瑟莉卡想起了過去的某個人。

「欸，大姊姊……從今以後……我……該怎麼辦才好……？」

（這孩子除了我沒有人可以依靠……所以現在我還不能死、嗎？）

下定決心後——

瑟莉卡喃喃地向少年開口：

「吶……要不要跟我一起走？」

「……咦？」

「反正……一個人也很寂寞吧？」

瑟莉卡是以誰為對象說出這句話的，沒有人知道。

「你一個人留在這個村莊也沒有用……況且，我們能像這樣相遇也是緣分……要不要一起生活看看……？」

「…………嗯。」

少年靜靜地點頭同意了瑟莉卡的提案。

別無他法。對無依無靠的少年來說，他完全沒有選擇的餘地。

「不過，沒有名字還真不方便啊……我想想……」

瑟莉卡沉思了一會兒後向少年說道：

「葛倫……從今天起，你就叫葛倫・雷達斯吧。」

「葛倫……？」

「是啊，很棒的名字吧？」

口頭上如是說的瑟莉卡，在心中默默自嘲。

（哈哈，儘管笑我軟弱吧……因這沒有意義的感傷嗤之以鼻吧……我的內心有道聲音想找人取代那個孩子（葛倫）……現在的我仍然是如此膚淺又俗不可耐的……『軟弱』的女人……）

「……大姊姊……？怎麼了……？妳為什麼在哭……？」

「沒什麼……沒事……」

瑟莉卡擦乾眼淚，努力向那個少年——『葛倫』擠出微笑。

「不要露出那麼不安的表情……我一定會……保護你的……」

「……嗯。」

於是——

兩人手牽手，以緩慢的腳步離開了村莊。

……………

完成這件巫妖討伐任務之後。

瑟莉卡辭退了帝國宮廷魔導士團。

自從有了值得保護的對象後……『灰燼的魔女』再也不需透過破壞來麻醉自己。

即使那是一種旁門左道、不正當而且自私自利的自我滿足行為。

有時候那也會是一種救贖……如此而已。

…………

時光荏苒……在瑟莉卡家的廚房。

「唉……為什麼偏偏今天我非得下廚不可啊，有夠麻煩的……我還得準備明天上課的東西耶……平時不都是妳做菜，我負責吃嗎……（絮絮叨叨）……」

「廢話少說，吵死了。偶爾你也做點家事吧，想被我趕出家門嗎？吃閒飯的。」

見葛倫一邊攪拌著用火熬煮的鍋子一邊抱怨，瑟莉卡嘆了口氣。

「不過……葛倫，你為什麼要做香菇濃湯？」

瑟莉卡看了鍋子裡的東西後忍不住詢問。

「啊～？單純只是因為今天市場的香菇賣得很便宜而已，重點是濃湯做起來很簡單啊……

怎麼了？香菇濃湯有什麼不好的嗎？」

「……沒有啊？」

都是因為你做了香菇濃湯，所以害我想起了那個時候的事情……這種話瑟莉卡說不出口。因為那件事跟現在這個『葛倫』一點關係也沒有。

（雖然後來我用魔術對葛倫做過許多治療……可是葛倫的記憶始終沒有恢復……這樣到底是好是壞，也說不準就是了……）

瑟莉卡如此心想，注視著不甘不願地製作料理的葛倫背影。

「啊～瑟莉卡～麻煩妳準備一下碗盤啦……我今天負責做飯很辛苦耶，幫點忙嘛……」

「……那麼辛苦的工作我可是每天都在做耶？……附帶一提，你平時連碗盤都懶得幫忙準備。」

「啊～啊～我聽不見～」

「真是，受不了你這傢伙……」

從櫃子裡拿出餐具後，瑟莉卡順勢瞅了一眼面朝調理台的葛倫側臉。

（當年心血來潮撿回來的小少年，已經長得這麼大了……中間雖然發生了不少事情……不過時間真的過得很快啊……）

唯獨她還是一樣一點也沒變。年紀沒有增長，莫名其妙的使命感也沒有消失，她也仍然不知道……自己為什麼會有非得達成那個使命不可的念頭。這樣的永恆會持續到什麼時候……現在還看不出來。

每天都有變化的只有她身邊的事物而已。

現在這個『葛倫』……遲早有一天也會受到每天的變化影響，離開她的身邊。

到時候，或許瑟莉卡還是會因為離別的痛苦，而後悔當初所做的選擇也說不定。

不過──

……即使如此──

「吶，葛倫。」

「嗯？濃湯還沒做好喔？……別那麼心急好不好，妳這個貪吃鬼……」

「不是啦……我只是……直到現在還是覺得很慶幸當時有遇見你。和你一起生活的這段溫馨歲月所留下的回憶……都是實實在在的真實。」

「……什麼？」

「不管今後發生什麼事情，唯獨這個真實都不會有所改變……只要擁有這個溫暖的回憶……我相信自己一定可以堅持到最後。謝謝你……」

「…………！」

瞬間，葛倫一反常態，面露真摯的表情沉默不語……

然後──

「噗……哇哈哈哈哈哈哈哈哈──！怎、怎麼了啊，瑟莉卡。妳吃錯了什麼藥嗎？還是說妳犯老年痴呆啊？呀哈哈哈哈哈哈──！」

葛倫捧腹大笑。

「……啊啊，對啊。或許你說的沒錯……我也差不多年紀大了。」

瑟莉卡也打趣似地聳肩自我解嘲。

「喂喂喂，現在就老年痴呆也太早了吧，老太婆。如果沒有妳，誰來做飯給我吃啊？醜話說在前，今天我只是偶爾下廚而已喔。每天做飯誰受得了！我還想繼續寄生在妳身上一陣子呢……拜託振作一點囉？」

「哈哈哈，囉唆啦，笨蛋。快點死一死吧，現在就去死。」

「哦……別鬧了，我怎麼可能這麼簡單就死？我纏人的程度可是跟打不死的蟑螂一樣呢？」

兩人一邊百無禁忌地互相逗嘴，一邊笑著準備今天的晚餐。

那天的濃湯味道嚐起來格外特別。

「怎麼樣，瑟莉卡？好吃嗎？我對這道濃湯還挺有自信的呢。」

「…………啊啊，好吃極了。」

優雅地坐在餐桌旁的瑟莉卡，嘴角浮現出一抹柔和的笑容。

後記

大家好，我是羊太郎。

第一本短篇集『不正經的魔術講師與追想日誌』終於出版上市了。

這都要歸功於編輯還有各出版關係人士，以及支持『不正經』本傳的讀者們！謝謝大家！

當初我運氣好獲得在DRAGON MAGAZINE發表短編作品的機會，已經過了很長一段時間。驀然回首，這些短篇故事對我來說，感覺就像我成為小說家的生涯紀錄。今天就藉這個機會稍微來回顧一下吧。

○勞碌奔波的窩囊廢

這是我第一篇短篇故事。在我剛做為小說家出道時，我被要求寫出一篇能淺顯易懂地交代不正經的世界觀，帶有說明意味的短篇，當初可是拚命絞盡腦汁才寫出來的。啊啊，寫這篇故事的時候我還住在千葉呢……（煩不煩）

○迷途白貓與禁忌手記

下一期的DRAGON MAGAZINE空出了一篇原稿的版面，編輯找不到東西可以刊登，緊急找我救火，而這篇就是我臨危受命交出來的作品。接下這份委託的瞬間，我懷著※某隊般的激昂情緒一邊大嚷「看我的厲害吧——！」一邊在電腦前坐定，並且煞有其事地向爸媽激憤地說出「我會把這份工作當成最初也是最後的機會，盡力掌握的……」之類的話（真想消除這段記憶），最後我在沸騰的熱血驅使下熬夜趕完了稿子，結果……（編註：典出動畫《超獸機神》，主角——獸戰機隊隊長藤原忍的口頭禪。）

編輯：「啊，抱歉，羊先生。雜誌找到稿子墊檔了。您還是不用寫了。」

羊：「你這傢伙還有人性嗎——!?（流下血淚）」

不過，還好稿子最後還是有刊登在下下一期的雜誌上。真是美好的回憶啊。

○魔術講師葛倫　無謀篇

過了一陣子，不正經正式要在DRAGON MAGAZINE進行連載了，那時刊登的故事就是這篇。

那個時候的我很開心，非常開心……真的太開心了……所以思考能力和判斷能力才會下降吧。沒錯……應該就是這個時候。

公司主管：「羊……你可以去長野出差一個月左右的時間嗎？那邊好像人手不足。你如果不願意的話，公司也不會勉強啦……」

羊：「啊哈哈！包在我身上吧！不管天涯海角我都願意飛過去！」

……人千萬不可以得意忘形。（目前出差時間長達一年，紀錄持續更新中……好想回家。）

〇魔術講師葛倫　虛榮篇

白貓的父母在本回登場。故事內容以教學觀摩為題。

話說回來，小孩子在教學觀摩的時候，通常有兩種反應，一種是希望讓爸媽看到自己厲害的一面拚命求表現，一種是畏畏縮縮……而我就是屬於前者，無庸置疑。

當時的老師：「這問題有誰知道答案？」

小羊：「我我我我我我我——！」

當時的老師：「好，請今天格外有精神的羊同學回答！」

小羊：「我不知道答案！（得意）」

…………

羊：「可惡！幹嘛讓我想起這丟臉的回憶!?好想打人啊!?我超想回去痛扁那時候的自己一百萬拳——!?咕啊啊啊啊啊!?」

在創作這篇故事的時候，當我描寫到某個人物的表現時，我備感煎熬。真是美好的回憶啊。

○空（瑟莉卡）〜孤獨的魔女〜

準備推出這本短篇集時，我另外寫了這部短篇當作新的內容。

主人翁是瑟莉卡。她不僅是優雅又瀟灑的淑女，同時也是充滿俏皮氣息，奔放又桀驁不遜，總是擺出目中無人態度的自由人。而且她擁有不明的長生不老體質，是最強層級的魔術師。

瑟莉卡是把我想像中的『又強又帥氣的女性』凝縮而成的角色。

不過，最強的她私底下有什麼樣的一面？她走過什麼樣的人生呢？天下無敵的她會心血來潮把稚嫩的葛倫撿回家的理由又是什麼？

我在這篇故事裡，提到了一點點關於這些問題的答案。

凡是人都有歷史。希望各位讀者都能喜歡某魔女不為人知的故事。

像這樣重新回顧後，發現真的發生了很多事情呢……**雖然都跟短篇沒什麼關係。**

……嗯，我做為小說家的生涯紀錄到底是……？

羊太郎

ATOGAKI
瑟莉卡小姐也太溺愛孩子了吧，
真可愛!!!
她好適合紅酒呢……
2016.3

初次出處

勞碌奔波的窩囊廢
Bastard magic instructor goes beyond his limits

DRAGON MAGAZINE 2014年9月號

迷途白貓與禁忌手記
Wandering white cat and the memory handbook

DRAGON MAGAZINE 2015年1月號

魔術講師葛倫　無謀篇
Magic instructor Glenn and his story of recklessness

DRAGON MAGAZINE 2015年3月號

魔術講師葛倫　虛榮篇
Magic instructor Glenn and his story of vanity

DRAGON MAGAZINE 2015年5月號

空～孤獨的魔女～
Emptiness ~The lonesome witch~

加筆

Memory records of bastard magic instructor

東立輕小說

沒路用的魔獸鍊磨師1

作者：見波タクミ
插畫：狐印
譯者：周若珍

就決定是你了！
羈絆的力量，將使最弱魔獸嶄露鋒芒！

在這個世界裡，一切優劣勝敗都由與生俱來的魔獸紋章來決定。「魔獸鍊磨師」能夠馴服魔獸、指示牠們戰鬥；而培育這些人才的學園，就是「貝基歐姆」。就讀於這所學園的雷因，是全校唯一的史萊姆鍊磨師他不在乎身旁人們的嘲笑，信賴著他的夥伴培姆培姆始終比任何人都努力。而全學年第三名的美少女——龍鍊磨師愛爾妮雅，則對雷因情有獨鍾。這個紋章與美貌兼備的完美少女，之所以如此執著於吊車尾的雷因，似乎是由於過去的某個因緣……!?
無關最弱或最強！對於勝利的執著，可以逆轉早已註定的命運!!

強力上市中！

輕小說

LIGHT NOVELS

不正經的魔術講師與追想日誌

(原著名：ロクでなし魔術講師と追想日誌)

原作：羊太郎
插畫：三嶋くろね
譯者：林意凱
日本株式会社KADOKAWA正式授權中文版

【發行人】范萬楠
【出　版】東立出版社有限公司
台北市承德路二段81號10樓　TEL：(02)2558-7277
【香港公司】東立出版集團有限公司
香港北角渣華道321號　柯達大廈第二期407室　TEL：23862312
【劃撥帳號】1085042-7
【戶　名】東立出版社有限公司
【劃撥專線】(02)2558-7277　總機 0
【美術總監】林雲連
【文字編輯】盧家怡
【美術編輯】張賢吉
【印　刷】勁達印刷廠
【裝　訂】同一書籍裝訂股份有限公司
【版　次】2016年07月24日第一刷發行

 ISBN　978-986-470-582-5